DE UM CADERNO CINZENTO

A marca FSC® é a garantia de que a madeira utilizada na fabricação do papel deste livro provém de florestas que foram gerenciadas de maneira ambientalmente correta, socialmente justa e economicamente viável, além de outras fontes de origem controlada.

PAULO MENDES CAMPOS

De um caderno cinzento

Crônicas, aforismos e outras epifanias

Organização, apresentação e notas
Elvia Bezerra

Copyright © 2015 by Joan A. Mendes Campos

Grafia atualizada segundo o Acordo Ortográfico da Língua Portuguesa de 1990, que entrou em vigor no Brasil em 2009.

A citação original de *Rei Lear* foi retirada de *William Shakespeare — Teatro completo*, da Editora Nova Aguilar, com tradução de Barbara Heliodora.

Capa
Alceu Chiesorin Nunes

Foto do autor
Arquivo © Estadão Conteúdo

Preparação
Leny Cordeiro

Revisão
Valquíria Della Pozza
Marise Leal

Apoio de pesquisa
Instituto Moreira Salles

Dados Internacionais de Catalogação na Publicação (CIP)
(Câmara Brasileira do Livro, SP, Brasil)

Campos, Paulo Mendes, 1922-1991.
De um caderno cinzento / Paulo Mendes Campos ; organização, apresentação e notas Elvia Bezerra. — 1ª ed. — São Paulo : Companhia das Letras, 2015.

ISBN 978-85-359-2578-4

1. Crônicas brasileiras I. Bezerra, Elvia. II. Título.

15-03825   CDD-869.93

Índice para catálogo sistemático:
1. Crônicas : Literatura brasileira 869.93

[2015]
Todos os direitos desta edição reservados à
EDITORA SCHWARCZ S.A.
Rua Bandeira Paulista, 702, cj. 32
04532-002 — São Paulo — SP
Telefone: (11) 3707-3500
Fax: (11) 3707-3501
www.companhiadasletras.com.br
www.blogdacompanhia.com.br

Sumário

Apresentação — O laboratório do cronista — Elvia Bezerra, 7

De um caderno cinzento, 19
De um caderno, 129
Miscelânea, 197

Apresentação
O laboratório do cronista

Elvia Bezerra

O hábito de juntar cadernos é — ou pelo menos era — comum entre escritores. Ao longo dos últimos anos substituídos por arquivos gravados, muitos desses cadernos ainda sobrevivem em acervos pessoais, seja em casa de autores, seja confiados a instituições. Há os que serviam para anotações indisciplinadas, como o de Manuel Bandeira, em que o poeta copiava desde fórmula de matar barata até dados biográficos. Há os essencialmente literários, como o que Mario Quintana ganhou da mãe e no qual, com letra infantil, escreveu seus primeiríssimos poemas. Ou os de Ana Cristina Cesar, fartos, reveladores das múltiplas facetas da autora: a vocação poética, crítica, o talento de tradutora, de editora, além de reflexões agudas, desesperadas, na maioria das vezes.

Mas Paulo Mendes Campos é imbatível com os 55 cadernos que integram seu arquivo, hoje sob a guarda do Instituto Moreira Salles (IMS). O cuidado com que os conservou deixa clara a importância desses itens na sua vida pessoal e, acima de tudo, literária. Ali ele registrou alguns lembretes do cotidiano e poucas,

alienum puto", que Paulo Rónai traduziu como "Sou humano, nada do que é humano me é estranho".

Não resisto aqui a abrir um parêntese. Em *Não perca o seu latim*, Rónai transcreve um trecho de *Machado de Assis desconhecido*, no qual o biógrafo, Raimundo Magalhães Júnior, afirma que Machado citou essa máxima de Terêncio pelo menos quatro vezes em sua obra, mas, temendo ser mal interpretado, "esbarrava antes do fim". Quer dizer, o autor de *Dom Casmurro* não escrevia o *puto*. Do latim *putare*, o inocente e severo verbo significa "julgar, pensar". Mas Machado achou mais seguro não arriscar.

Fechado o parêntese, voltemos ao estilo de crônicas de Paulo Mendes Campos, que admite não apenas aforismos como também parágrafos independentes, porém reunidos em torno de um tema ou até mesmo agrupados em assuntos distintos. De um jeito ou de outro, a mistura invariavelmente resulta numa coluna harmoniosa.

Paulo Mendes Campos dá a impressão de brincar. De brincar com método, quando, na verdade, o que faz é trabalhar com extrema disciplina. Estudou a própria obra, recompôs textos, recortou passagens de um para inseri-las em outro, organizou coletâneas e planejou diversas. Quem se ocupa dos seus cadernos percebe quanto ele se dedicou à sua obra, dela fazendo um tabuleiro onde move poemas e crônicas como peças, pensando em lhes dar melhor destino ou revestir-lhes de nova força.

A maioria das crônicas aqui reunidas foi publicada na *Manchete*, revista em que Paulo colaborou desde 1952, ano da fundação, quando estreou na coluna "Conversa Literária" com a crônica "Um admirador fiel", de 29 de novembro. Sua atuação nesse periódico criado por Adolpho Bloch iria até 23 de agosto de 1975, dia em que publicou "Antônio Houaiss, o homem-enciclopédia". Foram 23 anos seguidos de colaboração.

Os textos desta antologia estão organizados em três seções: são 28 na seção "De um caderno cinzento", dezesseis em "De um caderno", e mais nove em "Miscelânea", na qual os títulos só têm a palavra caderno para indicar a origem da crônica. Uma das evidências da relação entre caderno e publicação está num velho caderno em que Paulo fixou, com um clipe, o recorte da crônica "Caderno velho", desta seção.

Como unidades independentes, as crônicas aqui apresentadas são inéditas em livro, embora diversos parágrafos ou frases sejam encontrados em outros textos publicados, conforme já mencionei. Algumas crônicas mostram certa fragmentação, mas nem por isso deixa o leitor de se maravilhar com passagens esparsas, que não dispensam reflexão aguda. O que resulta disso, entre outros aspectos, é a revelação de múltiplos traços da personalidade do escritor. Prosador-poeta sempre, distinguem-se, nestas páginas, o Paulo memorialista e o reflexivo a um só tempo; o homem que amava o campo e se deslumbrava com o mar, além do contraditório e do visionário.

O leitor encontrará neste volume o poeta que, em prosa, dá forma a emoções desencadeadas por episódios que, despercebidos ao passante comum, aos olhos do cronista se transmutaram, por exemplo, no que se lê no texto 7 da seção "De um caderno":

O sobrenatural é um ponto de vista. Viajava outro dia de automóvel, perto de uma meia dúzia de *jeeps* apinhados de praças do Exército. A certa altura do caminho, um velhinho descalço e esfarrapado, à vista dos *jeeps*, dos fuzis e da farda, largou sua enxada, e tirando o chapéu colocou-o sobre o coração, numa atitude que era mais do que respeito e veneração. Ele saudava emocionado o desconhecido.

Em outro momento, é o gosto de "ouvir a tarde" que ressalta em "De um caderno de viagem (2)", da seção "Miscelânea":

Fui vastamente preguiçoso em tardes antigas de outras primaveras: o hábito de pensar sem pensamentos às três horas da tarde permaneceu em mim. Gosto de leis pela rama, e preferia estar lá fora num banco do jardim, ouvindo a tarde e o pássaro.

Várias vezes fui tentada a dizer que um parágrafo, como o que acabo de citar, é o mais bonito ou o mais tocante, ou outros adjetivos que a subjetividade impõe. Mas o consagrado superlativo relativo de superioridade não serve a Paulo Mendes Campos. Escolher "o mais" é impossível diante das frequentes revelações em sua prosa. Contento-me com "o mais" de um dia, de uma semana, de um mês, de uma estação, de uma fase da vida. E posso dizer que há algum tempo tenho comigo este parágrafo a respeito da modalidade de atletismo favorita do autor: o salto em altura. Como se vê, a reflexão transcende o esporte para se tornar verdade universal:

A carne é pesada, triste, sensual, imantada à terra, resignada às leis da terra. O salto, imaterial, é um exercício do espírito. Só uma ansiedade indomável de pureza pode permitir que uma criatura terrena se eleve dois metros no ar, para transpor o obstáculo acima da cabeça, acima da compreensão. Segue-se a queda, o retorno à terra. Não importa: o atleta tentou o impossível e o conseguiu. Por um momento, desde o instante em que ele se concentrou para o salto, a besta adormeceu e um anjo leve se apossou de seu corpo e de sua alma. É o anjo que sobe ao ar e ultrapassa o sarrafo; o homem desce de novo à terra. O salto em altura confia-nos com uma clareza elementar seu significado, mas todas as formas de atletismo são alegóricas, e por isso permanecem. Todos os feitos atléticos, como todos os feitos do espírito, nascem da humilhação terrestre. Todo homem deve libertar-se, todo homem deve realizar um grande gesto, todo homem deve conhecer a profundidade e amargura de seu limite.

O trecho integra a crônica "Atletas", de *O cego de Ipanema* (1960), depois incluída em *O gol é necessário* (2000). Oito anos após o lançamento de *O cego*, o cronista recortaria esse parágrafo para compor o mosaico em "De um caderno cinzento", publicada na *Manchete* de 17 de agosto de 1968.

Paulo Mendes Campos foi um viajante que não absorveu impunemente o que viu. Até mesmo quando subjugado a programação intensa em uma cidade russa ou chinesa, achava tempo para se deter numa criança que brincava no parque, num homem que puxava uma carroça e, claro, nas propriedades de uma bebida. Da viagem a Moscou, concluiu que "a vodca é essencialmente oratória". E confessaria em "De um caderno de viagem (1)" da seção "Miscelânea": "O hábito dessa bebida criou uma segunda natureza na alma russa: o amor aos brindes. Eu, que me pelo de falar em público, a golpes de vodca, surpreendi-me algumas vezes a pedir a palavra".

As experiências externas provocavam reflexões que ele transpunha para crônicas, dotando algumas de maior colorido autobiográfico. Um desses momentos se deu quando, depois de visitar a casa de Shakespeare em Stratford-upon-Avon e, para grande desapontamento seu, experimentar a sensação de que o bardo inglês nunca tinha morado ali, desabafar: "Nada valho contra essas arbitrariedades de um ser voluntarioso que desmanda em mim".

Os níveis de reflexão podem ser mais profundos. Afinal, não é qualquer um que se detém diante de um prato de azeitonas e sente respeito pelos frutos. Pois é à "inelutável verdade da azeitona" que ele se dedica na crônica 22 da seção "De um caderno cinzento".

O Paulo reflexivo deságua com naturalidade no autobiográfico. No texto 19 de "De um caderno cinzento" surge o cronista para quem "a infância era ferroviária". "O trem de ferro, força secreta de meus devaneios, prometia-me toda a excitação de existir", declara ele, ao mesmo tempo que conta sua fascinação pelas locomotivas e por tudo relativo ao transporte por ferrovia.

Surpreende a intensidade com que ele se deslumbrava diante do trem. Só o encantamento que sente pelo azul pode se aproximar de tal fascínio. Esse, o da presença da cor na obra de Paulo Mendes Campos, é estudo que precisa ser feito para que se conheça um poeta e cronista superiormente cromático — é o que se constata ao ler, entre outras, a crônica 15 de "De um caderno cinzento", cujo trecho abaixo consta também da crônica "Palavras pessoais", de *O cego de Ipanema*. A extraordinária finura de percepção do autor o leva a concluir que os sons dos dias azuis são diferentes, e quem é capaz de enxergar isso são justamente os cegos:

> Céu azul não conhece fronteira de sombra; céu azul é indispensável antes de tudo aos cegos; azul do céu não é cor, mas uma qualidade do mundo, uma luminosidade do mundo, uma luminosidade apreensível por todos os sentidos, fragrância, convivência mais delicada, concerto de sons, transparência do universo.

Não menos reflexivo e autobiográfico é o Paulo observador e até mesmo visionário da zona sul, onde sempre morou desde que chegou ao Rio de Janeiro, em agosto de 1945. Se vivo fosse, reconheceria completa atualidade na descrição que fez de uma manhã na praia do Leblon há quarenta anos, quando, nostálgico, sentia falta do *footing*, para ele "a alma da cidade". É o que se lê em "De um caderno sem cor":

Andar era um ato coletivo, um gesto social. Hoje a gente chega na praia e vê o filme da solidão moderna: o cavalheiro de idade ainda pretensiosa que vai caminhando como um teorema [...]. O rapagão que passa correndo como mensageiro de um mundo vazio, burilando sua imagem física de Apolo sem comunicação. Fazem o Cooper, dizem, e fazem solidão. No entanto o *footing* acabou ainda ontem e o *footing*, hoje defunto e etiquetado como cafona, era a alma da cidade, a vida solidária, a paquera espontaneamente organizada, ou seja, o amor ao próximo levado à intensidade possível. Andar deixou de ser uma ternura e virou afirmação.

Reflexão e observação exigem silêncio, e o fato de este não ser "uma reivindicação levada a sério" fazia com que o cronista, amante do azul do mar de Ipanema, pensasse em trocar a cidade pelo campo — é o que ele declara na crônica 6 de "De um caderno":

> Eu amo o campo. É preciso ter cuidado com conclusões precipitadas. Por exemplo: não faço nenhuma questão do privilégio de dar milho às galinhas, entretanto — e aqui ponho uma pausa para que pensemos no inexpugnável mistério das afinidades humanas — corro na frente de todo mundo para ser o primeiro a estender aos coelhos folhas frescas de couve-flor.
>
> Estou me tornando medíocre? Ou amadurecendo?

CRITÉRIOS DA EDIÇÃO

Os critérios desta edição são regidos pela liberdade, sempre tão cara a Paulo Mendes Campos. Liberdade que, sem abdicar de identificar a origem dos textos selecionados, não pretendeu localizar a trajetória de todos os fragmentos aí coletados e movidos de acordo com a vontade do autor em vários de seus textos.

Em alguns casos, quando a pesquisa me permitiu rastrear determinado trecho ou parágrafo, não resisti a oferecer a informação ao leitor, inserindo-a no rodapé, como mera curiosidade ou na intenção de contribuir com um dado enriquecedor. Num caso ou noutro usei de independência, bem como assumi o risco de revelar ignorância ao fazer nota sobre o que pode ser óbvio, ou deixei de pôr no pé de página uma informação que julguei desnecessária. Por que, numa série de nomes pessoais citados, só um mereceu nota? Às vezes, por me parecer o mais intrigante ou incomum. Assim como foi por paixão que contextualizei citações de obras de Shakespeare sempre que o cronista mencionou uma personagem ou uma expressão do autor de *Hamlet*. Somou-se aí o prazer ao dever de esclarecer. De modo geral, a ideia foi abrir caminho para o leitor, sem pretensão de esquadrinhar parágrafos. Naturalmente, atualizei a ortografia, e mantive a hifenização toda vez que o cronista, em lugar de observar a regra, preferiu unir determinadas palavras em proveito da ênfase.

A sequência dos textos das seções "De um caderno cinzento" e "De um caderno" obedece à ordem cronológica de publicação na imprensa, o que não acontece em "Miscelânea", na qual optei, inicialmente, por ordenar as quatro crônicas sob o título "De um caderno de viagem", que formam um conjunto, seguidas das que foram publicadas uma única vez sob um título determinado. Depois de assim ordenadas, retomei a sequência cronológica por ordem de publicação na imprensa, como fiz nas demais, deixando por último três crônicas cujas datas foram impossíveis encontrar. Por isso, em "Miscelânea", a crônica "De um caderno de viagem (3)", sobre Londres, é anterior à (4), sobre a Polônia, embora, de acordo com a cronologia pessoal do autor, a visita a Londres tenha ocorrido depois da visita à Polônia. É que, como ele só escreveria a respeito dessa viagem três ou quatro anos mais tarde, não seguiu o roteiro do percurso, e sim o da memória.

O ARQUIVO DE PAULO MENDES CAMPOS

Os quase 4 mil recortes de jornal do Arquivo Paulo Mendes Campos foram indispensáveis para o trabalho de fixação do texto. Paulo costumava reler as crônicas depois de publicadas e fazer alterações a caneta no recorte. Incorporei tais alterações, acreditando ser essa a sua vontade. Assim, na crônica 3 de "De um caderno cinzento", em lugar de manter "Não, dizia Telêmaco, o amor, na minha idade, não", incluí o pronome "me", conforme nota manuscrita do autor no recorte: "Não, dizia-*me* Telêmaco, o amor, na minha idade, não". Aconteceu ainda de encontrar, na folha de jornal guardada por ele, um "não *é* nada" substituído por "não *há* nada". Fiz a substituição também, e, por não se tratar de uma edição crítica, desobriguei-me de indicar em rodapé essas ocorrências. Nem mesmo quando uma omissão ou erro tipográfico mudavam o sentido por completo. Fiz diretamente a correção. Graças ao cuidado do cronista, arquivista nato e feroz revisor, foi possível recuperar a versão mais fiel ao desejo dele.

Na crônica 6 de "De um caderno cinzento", a correção do autor foi fundamental: em vez de "qua*drilha* literária", como queria ele, o jornal publicara "qua*drinha* literária", o que tirava toda a graça do parágrafo.

As anotações nos recortes de jornal podem ir além de pequenas correções, como aconteceu no texto 5 de "De um caderno", que ficaria misterioso se Paulo Mendes Campos não tivesse escrito no topo da página a informação: "Ed. Miraí". Ora, foi no décimo andar do Edifício Miraí, na avenida Nossa Senhora de Copacabana, 787, que ele morou no final de 1945, ano em que chegou ao Rio. Em novembro, deixando a pensão Mon Rêve, no Leme, à que provavelmente se refere na primeira parte dessa crônica, mudou-se para um quarto no Miraí. Em carta a Otto Lara Resende de 1º de dezembro daquele ano, descreve a nova moradia:

> Enquanto espero, vou te contar como é o meu quarto: alto e espaçoso; cama também espaçosa; janelas pródigas com cortinas azuis; cobrindo o chão, um vasto tapete que me faz sentir felino quando passeio para lá e para cá; numa das paredes, há um quadro horrível, uma cigana com um pandeiro e o céu atrás; do lado esquerdo, há um bom armário; do lado direito, uma mesinha, com luz de cabeceira, onde pus alguns livros.

A carta revela muito da decoração de gosto duvidoso desse lugar onde o remetente passou um verão no tempo em que ar condicionado não era comum. Já a crônica mostra Scooky, o amigo não mencionado na carta. Os dois documentos se complementam, mas a charada só pôde ser resolvida graças ao recorte de jornal preservado com o nome do Miraí.

Esta edição deve muito a Katya de Moraes, bibliotecária do departamento de Literatura do Instituto Moreira Salles, que venho desviando da catalogação para a pesquisa. Ela se converteu em vibrante conhecedora do arquivo de Paulo Mendes Campos no IMS, além de colaboradora essencial.

DE UM CADERNO CINZENTO

1

"Como não é possível, infelizmente, ver o futuro, não sabemos até que ponto — no mais profundo sentido — pertencemos ainda à Idade Média." (Jung)

Escritor é aquele que aprende a todo momento de qualquer pessoa.

"Joguei o verso nobre aos cães negros da prosa." (Victor Hugo)

O estranho, o imprevisível, é o próprio homem: que não é bom, está sozinho e espera.

Se A acredita em Deus, se B não acredita em Deus, se C não sabe se Deus existe, isso nada é para mim. A existência de Deus e a não existência de Deus estão fora do meu alcance; apenas emocionalmente, intuitivamente, irracionalmente, afetivamente, humanamente, posso adivinhar a esperança de Deus, do mesmo modo que emocionalmente, intuitivamente etc., posso, em contrapartida, adivinhar o desespero da ausência de Deus ou a orfandade cósmica ou o ser-em-nada. E a isso chamo esperança-desespero ou condição humana.

Do alpendre nº 1 vejo a vaidade; do alpendre nº 2, o orgulho; do nº 3, a vida depois da minha morte; do alpendre N vejo os séculos; do alpendre Y vejo a finitude do sistema solar... (O show só funciona na lucidez de certas madrugadas.)

Tenho uma única superstição e chega: viver dá azar.

Brasil Brésil Brazil Brasul Brasol Brasal Braçal Bachsil Barsil Abrasil Brasalho Braúsa Brothsil Brasell Cabrasil Pobresil.

Aos 74 anos morre Morandi. Nunca desejou ir a Paris; achava que vender seus quadros por mais de duzentos dólares era furto. Seu amor: o entretom surdo; seu mundo: a copa e a cozinha à luz dos crepúsculos; sua arte: conseguiu pintar o silêncio.

De um poeta japonês: "Meu amor é como a relva oculta no recesso da montanha: embora se alastre, ninguém o sabe".

Heine teve duas paixões na vida: as mulheres bonitas e a Revolução Francesa. Stendhal dizia ao fim da vida que só lhe restavam dois prazeres constantes: Saint-Simon e espinafre.

Os anjos, bons e maus, não são invisíveis; nossa vista é que é fraca.

O casamento é uma lenta intervenção cirúrgica que tem o poder de separar duas criaturas cruel e desesperadamente agarradas uma à outra.

Não sabemos nada de nada. Mas preste atenção: nem mesmo chegamos a saber que não sabemos nada de nada.

Todas as mulheres, fiéis ou não, aguardam em febre a volta de Ulisses.

Todos os homens percebem o todo: o artista percebe também, ou de preferência, os detalhes.

— Se a gente aos quarenta anos ficasse maduro de todo...

— Sim...

— Seria a plenitude, nem dor, nem prazer, a plenitude espiritual ou mental, como você quiser.

— E não é?

— Quase. Infelizmente, pelo menos no meu caso e no da

maioria, há certas partes para sempre verdes e outras irremissivelmente passadas.

Estou pagando imposto de renda como um milionário, isto é, muito pouco.

Tinha dezessete ou dezoito anos quando o trem de Minas parou numa noite chuvosa na estação de Nova Iguaçu, e fiquei a ouvir um saxofone tocando um choro num clube popular ali perto, e, com uma súbita profundidade absurda, estúpida, adivinhei, esmagado, o resto de minha vida.

Manchete, 31/10/1964

2

Ele me disse que não era egoísta: "Gosto muito de minha mulher, mas também gosto muito das mulheres dos outros".

Teu movimento é a tua saúde. Se a flecha não parte, és tu que ficas. É indispensável que a flecha esteja a caminho do alvo que, bem ou mal, miraste. Tua mente se deteriora se não te comprometes com o futuro. O resto é supérfluo. O passado é só a certeza de que existe no futuro uma outra janela, uma outra pessoa, melhor ou pior, outro tipo de dor ou tédio. O presente é pura tensão, a vizinhança da ansiedade, caso a flecha não parta. Se afrouxares a corda do presente, adoecerás de ti mesmo. Portanto, faze projetos. Planeja a viagem; muda de casa; marca hora no dentista.

O mainá apareceu morto na gaiola. Foi na manhã de domingo. A mãe foi a primeira a ver, depois o pai, depois ele, o menino.

Olharam e foram sentar-se em torno da mesa da cozinha, meio sonolentos, em silêncio, partindo o pão, servindo-se de leite e café. A mãe disse para o menino que fosse enterrar o mainá. Vou jogar ele na lixeira, disse o menino. Não senhor, você vai enterrá-lo. Tá bem. Vou enterrar onde enterrei o corrupião, lá atrás, perto da pedreira. O corrupião enterrei com a casinha dele. Ah, foi? Foi. O mainá era preto e amarelo e tinha vindo da Índia. Eles continuavam a comer pão, a tomar leite e café, em silêncio, fingindo que é a coisa mais natural do mundo a morte dum passarinho, um passarinho de menino, um mainá que veio da Índia e amanheceu morto na gaiola num domingo de manhã.

As raízes da neurose são domínio da antropologia: nossa fadiga e nosso medo mentais estão encravados no esforço que os antepassados primitivos fizeram a fim de compreender a realidade à luz exclusiva da inteligência. Sob esse aspecto, as tribos de cultura estacionária constituem grupos de homens que "recusaram" uma inteligência parcial do universo "em nome" duma animalidade religiosa, que é a saúde total. Reciprocamente: a civilização é a doença inevitável do homem.

Esse rápido e inelutável repuxão de alarme que faz o estrangeiro quando pressente que vamos colocar-lhe um problema de linguagem sobre o idioma dele.

Só os velhos parecem eternos.

O homem é o pior educador de todos os animais. A educação nunca serviu à vida emocional do adulto. Sempre se comete, em maior ou menor escala, um de dois erros: sufoca-se o anjo da criança, liberando o demônio, ou sufoca-se o demônio, liberando um anjo inerme.

Quem passou pela ponte não atravessou o rio. Para certas naturezas violentas é insuportável a ideia de passar pela ponte.

O neurótico e o paraneurótico sabem que o mundo moderno tem mais profetas em cada esquina do que a velha Jerusalém. São cientistas, filósofos, políticos, poetas, todos eles sábios e sinistros. Profetizam que não vai acontecer nada.

Dona Dalva nega as leis do instinto, mas aceita todas as outras. Aceita todas as normas, todos os protocolos, conceitos, preconceitos, regras ortográficas, estatutos, disposições transitórias, bulas de remédio, mão e contramão, horários, regulamentos, praxes, portarias, ordens de serviço, etiquetas, hierarquias, avisos à população, apelos da Light para poupança de energia, recomendações de saúde pública, circulares, formulários, princípios morais, advertências do síndico, as formalidades todas do mundo civil e militar. Um ser irrepreensivelmente social. Logo, dona Dalva devia ser proibida. É um peso morto, uma galinha que se recusa a descer do poleiro. Ultimamente, no entanto, um cataclismo. Dona Dalva entrou para um curso noturno de espanhol. Pois nem dona Dalva suportou ficar neste mundo inteiramente morta.

Manchete, 27/03/1965

3

Passo o dia todo com uma sensação nova, nova pela consciência aguda que tenho dela: em algum lugar, por qualquer motivo, há uma situação que depende de mim, um estado de coisas que se modificaria com a minha presença e do qual eu receberia o reflexo capaz de me transformar. Em alguma parte, Copacabana, São João de Meriti, Recife, aqui perto, não sei onde, há uma ou várias pessoas que dependem de mim e eu delas. Nada podem fazer sozinhas; nada posso fazer sozinho. Não sei se é grave, pode ser apenas agradável ou frívolo o que faríamos — não sei e não importa. Sei apenas que me sinto a metade duma situação, a metade dum acontecimento.

Conheço perfeitamente o que pode esconder essa ansiedade, mas não me aquieto. Vejo com lucidez o símbolo dessa frustração, mas não me vale de nada. Não creio no pressentimento confuso, mas não me acalmo. Ando dum lado para outro, sento-me, levanto-me, vou à janela, acendo um cigarro, bebo sem sede um pouco d'água. Imagino o que devo fazer, o que gostaria de fazer, onde buscar a outra metade do que sou hoje, e não consigo ver coisa nenhuma na tarde espantosamente clara. Resolvo então não fazer nada; mas é impossível não fazer nada. Decido sair. Mas para onde? Não importa. Saio. Encontro amigos e conhecidos. Sem dizer nada procuro saber se é com eles. Não é. Penso em ir à Floresta da Tijuca, a Petrópolis, a um clube que nunca frequentei, a vários outros lugares que me passam pela cabeça. Não vou: seria insensato. Passo contudo numa galeria de arte, onde se encontra uma linda mulher. Não, não é com ela. Olho com atenção as pessoas, espio para dentro das lojas, aceito com humildade o meu ataque de estupidez. Que que há? Não há nada. Há. Em algum lugar, há uma ação a cumprir. Em algum lugar, devo ser hoje o resto dum acontecimento. Não será num livro que se encontra o que me chama? Penso em centenas de livros: nada vejo. Não será dentro de mim? Viro e reviro-me: não cai nada de mim. Estou murcho, à espera de que o momento me colha na haste e faça do meu dia um destino.

Também eu poderia escrever a história de meu ideal: como ser derrotado na vida sem fazer força. Mas, mesmo para ser derrotado, tenho feito um pouco de força.

A vida (ou evolução) é uma sequência de vitórias absurdas. Do inorgânico ao orgânico; do unicelular às organizações pluricelulares; da vida marinha à vida terrestre; do animal terráqueo ao animal voador; do irracional ao racional; do selvagem ao social; do social ao civilizado; do civilizado de hoje a uma coisa da qual ignoramos o nome, e que se confunde decerto com a esperança da justiça, da paz e do amor.

Proponho que se estabeleça como teto da chatice matrimonial a senhora cinquentona que, às duas horas da tarde, cara amarrada, na esquina de Araújo Porto Alegre com Pedro Lessa, dizia para o marido: "Ontem você foi a um enterro; e hoje já morreu outro amigo seu?".

Não, dizia-me Telêmaco, o amor, na minha idade, não. Falta-me resistência psíquica para viver em curto prazo todo o magma da natureza humana: o desejo de ser eterno, o desespero, o ciúme, o desvario, o ressentimento, o ódio, o sublime, a saudade, a paternidade (real ou frustrada), o lirismo, a ternura a um ponto deliquescente, a voragem enfim. Ao prazer, pois, madame.

Mazzini* com seu slogan (Deus é o povo) é sem dúvida o combativo e sincero precursor de todos os pedecês** do mundo.

Se só temos coisas reles para vender — raciocinava o pioneiro Patrick Geddes*** — temos de produzir personalidades reles para consumi-las.

Manchete, 24/04/1965

---

* Giuseppe Mazzini (1805-72), político e revolucionário italiano que criou movimentos com o objetivo de libertar e unificar Estados europeus. Sob o lema "Deus é o povo", organizou a sociedade Jovem Itália.
** Referência ao Partido Democrata Cristão.
*** Patrick Geddes (1854-1932), biólogo e filósofo escocês.

4

A ferocidade do homem só é imprevisível e fantástica quando alega a razão: religião, moral ou política.

O compasso da maturidade compele o homem simultaneamente a dois sentidos: o prazer do corpo (comida, erotismo, conforto) e a exigência mental que nos induz ao sacrifício de buscar um entendimento do mundo e do semelhante.

Um líder importante é apresentado a Mario Quintana:
— Gosto muito de seus versinhos.
— Obrigado pela sua opiniãozinha.
O poeta me diz mais tarde que, não encontrasse essa resposta na hora, não teria dormido naquela noite.

Para uma criança que tentava adivinhar o pensamento de um gato: O gato pensa um bocado./ Pensa de frente e de lado,/

esticado ou enrolado,/ satisfeito ou chateado,/ sem jantar ou já jantado,/ brincalhão ou preocupado,/ no quintal ou no telhado,/ com saúde ou constipado,/ o gato pensa um bocado;/ pensa no império chinês,/ pensa em gato siamês,/ pensa que dentro do ninho/ deve ter um passarinho.../ Mas um gato sem talento/ tem só este pensamento:/ CA-MUN-DON-GO! CA-MUN-DON-GO!/ Se te pego, CA-MUN-DON-GO!,/ te viro assim; OGNODNUMAC!*

Há um meio de acabar com os depósitos atômicos: destruindo-os com bombas atômicas.

Não é por princípio moral que não ludíbrio os outros: é porque não consigo ludibriar a mim.

Epigrama do brasileiro longe do exílio: Minha terra tem palmeiras/ onde canta o sabiá,/ por isso quero Paris,/ onde sabiá não há./ Não permita Deus que eu morra/ sem que volte para lá,/ sem que volte a beber vinho/ na fresca do *boulevard*.

Deus nos cria, engorda e mata: somos os porquinhos do Senhor.

A lucidez liberal de Montalembert** no congresso católico de 1863: "Não imitemos jamais aqueles que, na França, sob Luís

---

* Publicado, com alterações, na seção "Suplemento Infantil" do *Diário da Tarde* sob o título "Para um menino felino".
** Charles Forbes René de Montalembert (1810-70), escritor e polemista francês que lutou pela modernização da Igreja católica.

Filipe e sob a república, pediam a liberdade, como na Bélgica, e desde que se acreditaram os mais fortes, ou, o que dá na mesma, os amigos dos mais fortes, não hesitaram em dizer: a liberdade só é boa para nós, pois só nós possuímos a verdade".

Os dias em que nós passamos, antecipados, pelo aniversário de nossa morte.

O instinto social leva o burguês a imobilizar as formas da vida: ele é o grande patrocinador dos museus e o restaurador dos palácios.

Esta fotografia que há muito conservo de Edmond Rostand[*] (de quem não chego a ser nem leitor), ele, a mulher e dois amigos no alto de um monte ensolarado, pertence exatamente a uma ordem de impulsos obscuros que me tornaram incompetente para o mundo prático.

O homem da cidade é um homem estranho: se o procuramos em casa, ele está no bar; se o procuramos no bar, ele está no escritório; se o procuramos no escritório, ninguém sabe onde ele está. O homem da cidade é parente do rato da cidade. *Autrefois le rat de ville invita le rat des champs.* O homem da cidade quando vai para o mato respira e exclama: "Que beleza! É assim que eu gostaria de viver!". E pergunta depressa: "A que hora sai o ônibus segunda-feira?".

[*] Edmond Rostand (1868-1918), poeta e dramaturgo francês, autor de *Cyrano de Bergerac*, entre outras obras.

Se acaso por um momento teu coração, como o de teu pai, ficar vazio, arruma a casa, abre a janela, põe a tua roupa nova, para que a vida de novo te arrebate vivo.

Manchete, 04/12/1965

5

O bêbado é o ser primitivo com seus ritos. E é uma alma em estado permanente de sacrifício (brinde) à natureza e aos acontecimentos.

O Brasil é um país onde um sujeito como eu passa por intelectual.

Quanto mais lemos os ingleses, mais entendemos a origem da modulação da frase machadiana. Isto de Coleridge: "Tenho botado muitos ovos na areia quente deste ermo, que é o mundo, com um descuido de avestruz, com um olvido de avestruz".

Os poetas falam sempre do mar. Com exceção de Homero Homem, poeta naval, jamais encontrei um poeta na praia: nem Bandeira, nem Drummond, nem Vinicius, nem Cassiano, nem João Cabral, nem o falecido Schmidt. Na praia só costumo ver os homens da prosa: Braga, Adonias, José Honório Rodrigues, Pongetti. Também quem nunca vi nas proximidades da orla marítima é meu amigo Dorival Caymmi.

O Rio era uma metrópole tentacular, ruidosa, movimentada. Acabaram de repente com os lotações: o Rio não é uma cidade tão grande quanto a gente pensava.

Até eu já tive uma vez a glória em minhas mãos. Foi há muito tempo, quando publiquei o meu primeiro artigo, sobre a poesia de Raul de Leoni.* Pois fugiu depressa de meus dedos esse instante de grandeza.

O precursor da Semana de Arte Moderna, melhor, o precursor de Eça e Machado, e portanto das modernas literaturas portuguesa e brasileira, chama-se de fato João Baptista: João Baptista da Silva Leitão de Almeida Garrett. Que dicção maravilhosa a desse escritor! Que lucidez antecipadora de tudo! Alguns exemplos da simplicidade tersa de seu estilo: "Da Fundição para baixo tudo é prosaico e burguês, chato, vulgar e sem sabor como um período da 'Dedução Cronológica'".** — "Hoje tenho a bossa helênica num estado de tumescência pasmosa." — "Não seja pateta, senhor leitor, nem cuide que nós o somos." — "Enfim, o que há de ser há de ser, e tem muita força." — "Era feio como o

* "Raul de Leoni, poeta enganador", publicado em O Diário, de Belo Horizonte, em 31/03/1942.
** Trecho do romance Viagens na minha terra (1846), de Almeida Garrett. A Fundição era o local destinado às fundições de artilharia desde o final do século xv. Localizava-se onde hoje funciona o Museu Militar de Lisboa. A "Dedução cronológica e sintética" é documento de 1767.

36

pecado, elegante como um bugio, e as mulheres adoravam-
-no." — "O que eu tenho decerto é ainda a consciência, um
resto de consciência." — "Música ou drama de que as mulheres
não gostem, é porque não presta." — "O coração humano é como o estômago humano: não pode estar vazio." — "Eu, que pro-
fesso a religião dos olhos pretos; que nela nasci e nela espero
morrer... que alguma rara vez que me deixei inclinar para a
herética pravidade do olho azul, sofri o que é muito bem feito
que sofra todo renegado... Eu, firme e inabalável, hoje mais que
nunca, nos meus princípios, sinceramente persuadido de que
fora deles não há salvação, eu confesso, todavia, que uma vez,
uma única vez que vi dos tais olhos verdes, fiquei alucinado;
senti abalar-se pelos fundamentos o meu catolicismo; fugi escan-
dalizado de mim mesmo, e fui retemperar a minha fé vacilante
na contemplação das eternas verdades, que só e unicamente se
encontram onde está toda a fé e toda a crença... nuns olhos
sincera e lealmente pretos."

Que sorte a minha de não ter lido Garrett, mais ou menos
pra valer, antes de ter atingido aquilo que ele mesmo chama a
idade da prosa.

A censura cortou uma palavra no filme *O desafio*, de Paulo
César Sarraceni. Leio na biografia do papa João XXIII de Alden
Hatch (*Nihil Obstat* de Robert Hunt, *Censor Librorum*: Thomas
Boland, arcebispo de Newark; padre Francisco Tbik, Rio de Ja-
neiro; José A. de Castro Pinto, vigário-geral do Rio de Janeiro):
"Roncalli* (quando núncio apostólico em Paris) estava traba-

---

* Angelo Giuseppe Roncalli (1881-1963), nome de batismo do papa João XXIII.

lhando na sua escrivaninha, certo dia, quando um operário deixou cair uma tábua sobre o seu próprio pé. O pintor soltava gritos de dor, misturados com apelos blasfemos aos membros da Santíssima Trindade. O arcebispo saiu correndo da sua cadeira, penetrou na sala e, sem a menor hesitação, disse ao pintor atônito: "*Alors, qu'est-ce que c'est ça? Vous ne pouvez pas dire merde comme tout le monde?*".*

Manchete, 12/03/1966

---

* "O que é isso? Será que você não pode dizer merda, como todo mundo?"

6

Ternura, definia Valéry em prosa aliterada, é a tendência de se entregar em fraqueza à doçura de ser fraco. Ternura por um portal de outro século; por um pátio de clausura azul; por uma ladeira desenhada de retas que parecem tortas; pela integridade metálica de um sino; por uma pretinha, quase despida, de vermelho; por um renque de coqueiros abrindo contra o vento parênteses que não se fecham; por um aroma de maresia. Mas ternura é, às vezes, uma coisa muito estranha. É o que penso diante desses jumentinhos que no Nordeste chamam de jegues. São cor de barro mal cozido, pequeninos, evangélicos. Parecem de brinquedo. Lembram García Lorca. Minto: lembram, é claro, Juan Ramón Jiménez. Jegues líricos, infantis, que me convidam à doçura de ser fraco.

Quadrilha literária: Flaubert não gostava de Balzac e de Stendhal; Voltaire não gostava de Shakespeare; Joyce não gostava de Proust; Lawrence não gostava de Joyce; Baudelaire não gostava de George Sand; Sainte-Beuve não gostava de Baudelaire; Gide não gostava de Gautier, nem de Péguy, nem de Romain Rolland;

Massís* não gostava de Gide; Ezra Pound não gostava de Virgílio, mas gostava de Joyce, que não gostava de Proust, mas gostava de Italo Svevo, que gostava de Virgílio... E assim por diante.

Como todo mundo, compareço também, às vezes, a banquetes de homenagem, mas rezo pelo mesmo pensamento de Juan de Mairena, que condenava: a) os que aceitam banquetes em sua homenagem; b) os que declinam da homenagem dos banquetes; c) os que assistem aos banquetes em homenagem a alguém; d) os que não assistem a tais banquetes. Censurava os primeiros por fátuos e vaidosos; acusava os segundos de hipócritas e falsos modestos; aos terceiros de parasitas da glória alheia; aos últimos, de invejosos do mérito.

Quando Bulwer-Lytton — autor de *Os últimos dias de Pompeia* — descobriu no filho a inclinação literária, ficou furioso e o aconselhou com veemência a buscar outra profissão. E quando esse filho, conhecido literariamente por Owen Meredith, recebeu por sua vez poemas do próprio filho, este ainda menino de colégio, escreveu-lhe uma carta de vinte páginas para induzi-lo a deixar a prática dos versos.

Como o povo brasileiro é descuidado a respeito de alimentação! É o que exclamo depois de ler as recomendações de um nutricionista americano, o dr. Maynard. Diz este: "A apatia, ou indiferença, é uma das causas principais das dietas inadequadas". Certo, certíssimo. Ainda ontem, vi toda uma família nordestina estendida em uma calçada do centro da cidade, ali bem

---

* Mahfúd Massís (1916-90), poeta chileno.

pertinho do restaurante Vendôme, mas apática, sem a menor vontade de entrar e comer bem. Ensina ainda o especialista: "Embora haja alimentos em quantidade suficiente, as estatísticas continuam a demonstrar que muitas pessoas não compreendem e não sabem selecionar os alimentos". É isso mesmo: quem der uma volta na feira ou no supermercado vê que a maioria dos brasileiros compra, por exemplo, arroz, que é um alimento pobre, deixando de lado uma série de alimentos ricos. Quando o nosso povo irá tomar juízo? Doutrina ainda o nutricionista americano: "Uma boa dieta pode ser obtida de elementos tirados de cada um dos seguintes grupos de alimentos: o leite constitui o primeiro grupo, incluindo-se nele o queijo e o sorvete". Embora modestamente, sempre pensei também assim. No entanto, ali na praia do Pinto é evidente que as crianças estão desnutridas, pálidas, magras, roídas de verminoses. Por quê? Porque seus pais não sabem selecionar o leite e o queijo entre os principais alimentos. A solução lógica seria dar-lhes sorvete, todas as crianças do mundo gostam de sorvete. Engano: nem todas. Nas proximidades do Bob's e do Morais há sempre bandos de meninos favelados que ficam só olhando os adultos que descem dos carros e devoram sorvetes enormes. Crianças apáticas, indiferentes. Citando ainda o ilustre médico: "A carne constitui o segundo grupo, recomendando-se dois ou mais pratos diários de bife, vitela, carneiro, galinha, peixe ou ovos". Santo Maynard! Santos jornais brasileiros que divulgam as suas palavras redentoras! E dizer que o nosso povo faz ouvidos de mercador a seus ensinamentos, e continua a comer pouco, comer mal, às vezes até a não comer nada. Não sou mentiroso e posso dizer que já vi inúmeras vezes, aqui no Rio, gente que prefere vasculhar uma lata de lixo a entrar em um restaurante e pedir um filé à Chateaubriand. O dr. Maynard decerto ficaria muito aborrecido se visse um ser humano escolher tão mal seus alimentos. Mas nós sabemos que é por causa dessas e outras que o Brasil não vai pra frente.

Manchete, 11/06/1966

7

Quem faz o estabelecimento é o chefe — nisso acredito. Pelo botequim de seu Nacif, em BH, passavam doutores, estudantes, professores, carroceiros, lenheiros, militares, mendigos, vagabundos, ladrões, mulheres em ruínas, sem que se quebrassem a harmonia geral e o respeito mútuo. Era onde me sentia à vontade. Seu Nacif era bom, antes de tudo; depois, era forte, correto, objetivo. Sem a dureza natural do emigrante, pelo contrário, temperado de doçura reservada e ceticismo, desistiu de ficar rico: fazia o suficiente para manter a família com dignidade. Em épocas idas fora íntimo do político famoso, que não lhe foi leal em negócio; se lhe falávamos nisso, fechava-se em discrição superior.

Havia os que bebiam em pé, os que bebiam sentados, e os que bebiam do lado de dentro do balcão. Estes eram diários e pontuais. O sargento Constantino, da Polícia Militar, só deixou de brincar quando a tuberculose o levou de vez. O professor Horta, que lecionava latim e português, era místico em sonetos.

Parecia-se com Fagundes Varela e tinha uma dezena de filhos. Enxugava cerveja atrás de cerveja com uma seriedade religiosa. Ao toque da ave-maria, voltava-se para o aparelho de rádio e orava em silêncio, contritamente. Seu Américo era aposentado dos Correios e Telégrafos. Vinha sempre de chinelas, paletó de pijama, boina preta cobrindo a calva. Bebia para esquecer, mas não se esquecia, antes se lembrava, fervorosamente, do tempo em que uma legião de francesas invadiu os mornos cabarés da cidade. BH tinha três fases: antes, durante e depois das francesas. Durante foi quando a vida valeu a pena. Havia um preto fino e comprido, sempre de gravata e roupa de brim muito limpa e bem passada, havia gente demais para tão curto espaço de tempo, gente que se reuniu por um instante à sombra do bom Nacif e se dispersou na vida e na morte. É por isso que um alemão pensativo já disse: "Como é possível que aqueles dias se fossem para sempre? Que tudo seja fugaz e efêmero é um fato que ninguém poderá imaginar bem, e demasiado horrível para que deles nos queixemos".

Para Robert Louis Stevenson um homem ou uma mulher feliz é mais difícil de se achar do que uma nota de cinco libras. Quando uma pessoa feliz entra em uma sala é como se uma nova luz se acendesse.

Um sonho de escritor: chegar à concentração de pensamento e à concisão verbal desta frase de E. M. Forster: "As aventuras ocorrem, mas não pontualmente".

Há poesia nos glossários técnicos; na letra R de termos anglo-americanos da indústria petrolífera encontro este poema subterrâneo: "Rampa/ buraco de rato/ polia guia/ recimentar/ reperfurar/ restauração de pressão/ broca perfuradora usada/ retentor/ retrabalhar/ sonda/ montar uma sonda/ sonda a ar e gás/ sonda de percussão/ sonda de percussão/ sonda para poço de diâmetro reduzido/ sonda para poço de explosão/sondas-meses/ montando/ hastes de produção".

Em outra coleção de termos de ciência nuclear há misteriosos haicais: "Troca química/ zona fria/ família colateral. — Coprecipitação/ cosseparação/ abundância cósmica. — Elemento estrutural prismático/ subcrítico/ supercrítico. — Lata, camisa/ corredor, canal submerso/ gama de captura. — Cofre, estojo, castelo de chumbo/ canal/ carga, carga viva. — Seção de choque total/ nêutrons virgens, não colididos/ função ponderadora. — Caroço, miolo, coração/ núcleo, cerne (do reator)/ experiência crítica. — Meia-vida/ tempo de meia-troca/ laboratório quente".

A impossibilidade de descrever um crepúsculo visto de um avião, sobrevoando o Atlas, perseguia-me: não como desafio, como lição de impotência. Muitos anos depois, sonho que fui ao Pão de Açúcar e vi de lá que o Rio não se encontrava embaixo, mas acima, projetado em nuvens coloridas, de onde emergiam casas e torres. O Rio é de ouro e eu não sabia, disse uma senhora a meu lado. Sim, o Rio era dourado, mas de um dourado que não se acha no metal mais puro, de um ouro que só encontramos em certas reverberações do sol em nuvens, do ouro que vi quando sobrevoava as montanhas africanas. Era uma cidade feita de nuvens, de um colorido violento, mas harmonizado à preeminência radiante do ouro. Um mar azul-Dufy* desmanchava-se na doce

* Raoul Dufy (1877-1953), pintor e gravador francês.

linha de Copacabana. Por milagre do sonho, o Rio era aquela visão aérea de muitos anos, traduzida em casas, torres e água.

Manchete, 03/09/1966

8

Não me lembro de nenhum Natal particularmente feliz ou alegre em minha vida. Insiste em mim a lembrança de uma rua molhada, a Siqueira Campos, os trilhos do bonde fulgindo com aquele palor impessoal e inútil das calvas. Chovia, ia continuar chovendo, era meia-noite, eu bebia sem fé um uísque morno, só e quase com raiva. Uma lua embaçada queria romper as nuvens espessas. A sacada estava úmida. No bar da esquina quebraram uma garrafa e deram um grito. Mas o Natal não aconteceu, abortou-se.

Há coisas que a gente diz a sério, mas os outros pensam que é brincadeira. Acho que deviam existir conventos leigos, subvencionados pelo Estado. Tudo simples como os hotéis dos monges. Mobílias toscas, refeições puras, um jardim interno, celas desnudas, lei de silêncio obrigatório, uma biblioteca onde não se visse livro depois da Renascença. Melhor, sem biblioteca. Os monges leigos fariam voto para um prazo fixo: um mínimo de três meses.

Os candidatos a estágio passariam por uma prova que os revelasse dignos de merecer a bem-aventurança da solidão. Pois é em busca realista, e não romântica, de uma solidão temporária, que imagino o convento. O mundo está cheio de gente maluca e quase maluca por excesso de promiscuidade sem convivência verdadeira. As pessoas não se conhecem mais, vivendo a vida que lhes impõe uma sociedade leviana, publicitária, impostora. O convento ajudaria a corrigir um mundo tão errado, que considera a solidão (segundo Kierkegaard) um castigo a ser infligido aos criminosos. Mas os governos estão a cargo de homens teóricos, nada práticos. Ou poetas — no pior sentido da palavra. Meu convento não existirá. A não ser que me elegessem presidente da República, coisa que no momento não se me afigura provável.

Ventava e chovia em Cherburgo, onde uma gaivota gemia cega na cerração. Há quase vinte anos que essa gaivota voa contra o vento gelado por cima do navio, enquanto eu, no tombadilho, peso minhas fraquezas, meus liames afetivos, e vejo que as forças do mundo civil, a que estou acorrentado como o navio ao cais, não podem apagar do céu essa gaivota cheia de presságios, anunciadora de mistérios, essa gaivota cujo gemido ressurge em mim, essa gaivota a querer penetrar como eu uma terra próxima e invisível, onde as ações correspondessem aos sonhos.

Outro dia, assistindo na praia ao salvamento de um rapaz, pensei em certas contradições da época: coloca-se hoje um satélite tripulado em órbita, mas, em matéria de salvar afogado, a humanidade só inventou o banhista, isto é, um homem que tem de arriscar a vida para salvar outra. Acredito que não seria muito complicado construir uma engrenagem qualquer que pudesse da praia lançar uma boia, presa a uma corda, a uma certa distância dentro do mar. Em minha ignorância mecânica, acho que talvez até servisse para isso o mesmo princípio das espingardas de ar comprimido. Tanto inventor diletante por este mundo, e nunca se viu aproveitada qualquer máquina que tornasse o salvamento mais eficaz e menos perigoso.

Íamos de lancha visitar a refinaria de Mataripe. O mar não era de brinquedo, formando duas navalhas de água. Só um saveiro se achava distante da costa. Como estivesse parado, pensamos que pescassem, e foi nessa ilusão que respondemos com adeuses aos acenos que nos faziam. De súbito percebemos o grotesco de nossa cordialidade: pediam socorro. O mestre virou a lancha e nos aproximamos do saveiro *Meu Destino*, que se achava desarvorado, as vagas ameaçando sua integridade. Dois homens e um menino brigavam contra as ondas, um deles reduzido à tarefa de aguentar o leme sem comando. Não eram pescadores, transportavam tijolos. Então vi nascer ali uma relação humana que desconhecia, vi se apartarem com nitidez as duas posições ocupadas respectivamente por aquele que salva o desconhecido e o náufrago. Uma relação de algoz e vítima. O mestre e dois marinheiros eram algozes enfurecidos, dirigindo o acontecimento aos berros: os três homens do saveiro acomodaram-se na situação de vítimas, submissos, humildes, sem protestar uma só vez contra os impropérios, nem sempre justos, que lhes dirigiam da lancha. Tudo devia ser feito com uma presteza que o mar grosso dificultava. A lancha precisava também evitar que uma vaga mais forte lhe ferisse de mau jeito, complicando mais a operação aparentemente simples de lançar um cabo ao saveiro. A corda partiu-se na primeira tentativa de reboque. Entrava água pelo saveiro, que mal suportava os tapas do vento e os pontapés do mar. Um segundo cabo, mais forte, não chegou a ser amarrado a tempo, enraivecendo ainda mais o mestre, que ameaçava dar-lhes uma última oportunidade, e perguntava se eles estavam brincando. O garoto era o mais ativo, equilibrando-se em posições difíceis para receber a corda, que pôde afinal ser amarrada à embarcação partida. Lentamente, fintando as ondas, a lancha rebocou o barco através de um mar indigesto, deixando-o em enseada rasa e segura. Os dois homens e o menino pediram para nós a proteção divina, enquanto retomávamos a nossa rota com o mar piorado, obrigando o piloto a ir devagar, resolvendo um por um os problemas propostos pelas vagas maiores. Eu sem saber se estava enjoado porque desconfiava da presença da morte ou se desconfiava da presença da morte porque estava enjoado.

Manchete, 17/12/1966

9

Aceitar os agravos do tempo como parcial dos nossos erros na juventude: as rugas do egoísmo; os cabelos brancos das faltas contra a humildade; dentes abalados pela gula; a respiração opressa cobra a sofreguidão com que nos apossamos do que não era nosso; as mãos trêmulas lembram mesquinharias; e assim por diante.

Liquidemos enquanto vivos uma parte das nossas dívidas; o resto é saldo devedor, de que se encarregará a terra, quando abrirmos falência.

Do chinês Chuang Fu, que viveu três séculos antes de Cristo: "Uma vez Chuang Fu sonhou que era uma borboleta, e estava certo de seguir as inclinações desta. Ela não sabia que era Chuang Fu. De repente acordou e, evidentemente, tratava-se de Chuang Fu. Mas agora ele não sabe se é Chuang Fu que sonhou ser borboleta ou uma borboleta a sonhar que é Chuang Fu".

*

Os governos de força sempre imitam Kafka: no tempo do Estado Novo, para se tirar carteira de identidade era preciso ir à Polícia Central; para entrar na Polícia Central era preciso mostrar carteira de identidade.

*

Não há filosofia, a não ser na Ásia, que se condoa das vítimas do barulho; não há plataforma de governo que estabeleça uma ampla organização do silêncio. O silêncio não é uma reivindicação levada a sério; é por isso, e só por isso, que um dia eu ainda venha a trocar a cidade pelo campo.

*

O adjetivo infernal não me lembra o fogo, mas o barulho; o inferno só pode ser uma zoada ininterrupta. É pelo ouvido que o homem recebe grande parte de seus males mais desagradáveis: a intriga, a palavra áspera, o insulto, a buzinada, a verdade crua, a martelada, a novela radiofônica, a serra circular, o mau conselho, as bombas juninas, as negativas às nossas aspirações bancárias e amorosas etc.

Esse mecanismo delicado, feito de orelha e ouvido, é na verdade o órgão mais ludibriado em nosso jogo de enganos com a vida: gosta de elogios e recebe restrições; ama palavras de amor e carinho e escuta impropérios; deleita-se com a melodia e ouve a gestação brutal dos edifícios; aprecia a consolação dos ruídos mansos da natureza e se desola na algazarra da cidade, onde, mais que o pássaro, ouvimos o grito do homem, mais que o vento, ouvimos o rádio estúpido de um vizinho, mais que o cântico das águas, ouvimos o urro do automóvel. E ninguém se julga responsável por esse desconcerto social.

*

Flaubert descreve a extrema-unção: "primeiro sobre os olhos, que tanto cobiçaram as voluptuosidades terrestres" etc.*

Mas a era industrial, com as cidades enormes, possibilita em vida a redenção dos sentidos. Esses olhos (que tanto haviam desejado as suntuosidades) gastaram-se nos trabalhos escuros, na contemplação da miséria, na sordidez sombria dos pátios; as narinas (gulosas da brisa tépida e de perfumes amorosos) pagaram o tributo do lixo urbano; a boca (que se abrira para a mentira, que estremecera de orgulho e gritara de luxúria) murchou de tanto humilhar-se; as mãos (que se deleitaram com os contatos suaves) machucaram-se na rude competição de todos os dias; os pés (tão rápidos quando corriam atrás dos desejos) incharam-se de tanto caminhar e esperar. Os olhos, as narinas, a boca, os ouvidos, as mãos e os pés das populações urbanas, meu sofrido Flaubert, entrarão redimidos no reino da morte.

Manchete, 14/01/1967

---

* Trecho, que continua nos parênteses, de um dos capítulos finais de *Madame Bovary*, em que Flaubert descreve os últimos momentos de vida de Emma Bovary, quando o padre mergulha o polegar no óleo e começa a lhe fazer as unções.

10*

A teimosia, como a cruz para o cristão, é o sinal do tradutor de poemas.

Tel qu'en lui-même enfin la littérature le change.

De um livro de divulgação científica — *The Universe and Dr. Einstein*, de Lincoln Barnett — retiro este concreto poema científico: "O homem é o maior de seus próprios mistérios. Não entende o vasto e velado universo no qual foi lançado, pelo mesmo motivo de não entender a si mesmo. Compreende apenas um pouco de seus processos orgânicos, e ainda menos de sua singular capacidade de apreender o mundo ao seu redor, de raciocinar e sonhar. Menos que tudo, compreende esta nobre e misteriosa faculdade: o poder de transcender a si mesmo e de se surpreender

---

* O início da crônica 14 da seção "De um caderno" é igual a este. O desenvolvimento, como se pode constatar, é diferente.

no ato da percepção. O impasse incontornável do homem é que ele próprio é parte do mundo que procura explorar; seu corpo e seu orgulhoso cérebro são mosaicos das mesmas partículas elementares que compõem as escuras nuvens de poeira turbilhonante do espaço interestelar; em última análise, ele é uma conformação efêmera do primitivo campo espaço-tempo".

Nenhuma lição do tempo mereço; me empolga nos fins, um novo começo.

Segundo as investigações, as coisas se passaram assim: no dia 30 de abril, Goebbels comunicava a Dönitz, por telegrama, que Hitler, antes de morrer, nomeara o almirante presidente do Reich. De manhã, a rádio de Hamburgo adiantava que um grave e importante comunicado seria feito ao povo alemão; com a execução de trechos heroicos de Wagner e da sétima sinfonia de Bruckner, foi transmitida a notícia da morte do Führer. Nos subterrâneos da chancelaria, em Berlim, Bormann e outros planejavam a fuga, enquanto Goebbels estava decidido a desaparecer com a sua numerosa família. O plano de evasão não pôde ser cumprido de acordo com o figurino. Bormann seguiu em um dos grupos, levando no bolso uma cópia do testamento de Hitler.

Depois de tentar sair pela estação da Friedrichstrasse, Bormann e outros recuaram e, dentro de tanques, conseguiram romper a barreira de fogo, atingindo Ziegelstrasse, onde o tanque de Bormann teria recebido o impacto de violenta explosão. Beetz e Axmann foram feridos; Kempka ficou cego por algum tempo; Stumpfegger e Bormann conseguiram escapar. Mais tarde, nenhuma das testemunhas dessa explosão afirmou ter visto o cadáver de Bormann, embora, mais tarde ainda, Kempka viesse a descrever a morte de seu companheiro de fuga. Axmann também declarou depois que Bormann morrera. Mengershausen, no entanto, afirmou o contrário, categoricamente, dizendo que o tanque atingido não fora o de Bormann. Outro oficial nazista declarou a um jornal em 1953 que esteve com Martin Bormann depois da explosão; disse ainda ter perdido Bormann de vista e o ter reencontrado em um hotel, já em roupas civis. E ainda: "Ele teve uma oportunidade de escapar tão boa quanto a minha".

Trevor-Roper[*] acha que Bormann sobreviveu à explosão, acrescentando que só uma coisa pode levar-nos a crer em sua morte: o fato de não ter aparecido nenhuma prova de que Bormann continuasse vivo depois de 1º de maio de 1945. Para o autor de *The Last Days of Hitler* e muitos outros investigadores, o destino de Martin Bormann permanece um mistério. Ora, acredito que muitos mistérios mundiais acabam se escondendo no Brasil; e é por isso que vivo vendo Bormanns por toda parte, sobretudo em São Paulo.

> *Depois da solidão quando menino*
> *E o horror da terrível divindade,*
> *Depois das contorções da puberdade*
> *E a morte sobre o gume do destino,*
>
> *Depois do amor, meu fácil desatino,*
> *E dos punhais escuros da saudade,*
> *Depois da lucidez e da maldade*
> *Com que desfiz o engano matutino,*

[*] Hugh Trevor-Roper (1914-2003), historiador inglês.

Depois de ter a alma naufragada
No sentimento de não ter raízes
(Nem no céu nem na terra tenho nada),

Depois de tanto espaço de tristeza,
Há nos meus olhos dias mais felizes
E um pouco de alegria, de pureza. *

Manchete, 08/04/1967

* Soneto inédito em livro. Existe versão do primeiro quarteto em datiloscrito do autor em seu arquivo.

11

PAULO MENDES CAMPOS VOLTA A FOLHEAR O SEU
MÁGICO CADERNO CINZENTO, FONTE INESGOTÁVEL
DE VISÕES, FIGURAS, NOMES, CANTOS E SORTILÉGIOS.

Aos vinte anos, a gente admite uma dezena de autores; aos 25, uma centena; aos trinta, quinhentos; aos quarenta, admitimos 10 mil, com receio de admitir todos. Nessa progressiva democratização do espírito crítico, perde-se em força de personalidade e se ganha em doçura de entendimento.

*

Na idade da minha desilusão (ou da minha realização, isto é, do processo que me torna real), aspirar à felicidade seria proceder com a candura grotesca da cortesã fanada que se casa com véu e grinalda e — mais desastroso ainda — com um sorriso virginal.

Gostaria imensamente de ter escrito dois poemetos de Jorge Luís Borges. Um deles é asfixiante:

O círculo do céu mede minha glória,
As bibliotecas do Oriente disputam meus versos,
Os emires me procuram para encher-me de ouro a boca,
Os anjos já sabem de cor o meu último zéjel.*
Meus instrumentos de trabalho são a humilhação e a angústia;
Oxalá tivesse nascido morto.**

O outro, "Le regret d'Héraclite", é um poema-piada-de--amor:

Eu, que tantos homens fui, nunca fui
Aquele em cujos braços desfalecia Matilde Urbach.***

*

A mais humilhante ocupação militar não é a estrangeira, é a nacional: por delegação de poderes ou por alta recreação do Estado-maior.

---

* *Zéjel* é uma composição poética de origem árabe.
** Poema "O poeta declara sua nomeada", incluído em *O fazedor*, de 1984. Em espanhol, "El poeta declara su nombradía", de *El hacedor*, seção "Museo", de 1960.
*** "Le regret d'Héraclite" também é da seção "Museo" de *El hacedor*. Matilde Urbach, citada no poema de Borges, é personagem do romance *Man with Four Lives* (*Hombre con cuatro vidas*), do norte-americano William Joyce Cowen. A personagem Matilde Urbach é namorada de um militar alemão que será morto por um militar inglês durante a Primeira Guerra Mundial. Diante da iminência de sua morte, o alemão diz à amada: *"Yo solamente soy un hombre, pero el más dichoso sería sobre la superfície de la Tierra si por nadie más que por mi tu te consumieras de amor cuando yo ya no esté"*. E então a Urbach responde: *"Ningún hombre del mundo sabrá nunca el sabor de mis labios, y ningún hombre del mundo podrá conseguir que yo desfallezca por conocer el sabor de los suyos"*.

*

Ninguém mais se lembra de Pétrus Borel, que poderia ser um padroeiro dos beatniks ou dos hippies. Foi arquiteto, pintor, jornalista, poeta, republicano — um gênio falhado, na definição de Baudelaire. Arranjando no fim da vida um emprego público na Argélia, mostrou-se zeloso funcionário, mas acabou demitido: dava o dinheiro público (e o seu próprio) aos colonos doentes ou famintos. Conhecia longamente a fome, do tempo de inconformado, em Paris. Foi republicano revolucionário, mas preferia ter sido índio. Tristan Tzara vê na atitude rebelada de Borel a consciência de sua inferioridade no plano social e de sua superioridade no plano moral. Os surrealistas ergueram-lhe altar. Morreu de insolação em 1859.

*

Que sei eu? — Mas não façamos do sábio Montaigne a indulgência da nossa ignorância.

*

Colegiais adolescentes me trazem um questionário: quinze perguntas sobre o AMOR! Com maiúsculas! Respondi a essa pesquisa de Kinsey* como pude; mas minha vontade foi cantar um tango de Gardel.

*

Susto que me traz a consciência de ter vivido o dobro do que viveram Álvares de Azevedo e Casimiro... De ter vivido mais do

---

* Alfred Charles Kinsey (1894-1956), norte-americano que, em 1947, fundou o Instituto de Pesquisas sobre Sexo, na Universidade de Indiana, nos Estados Unidos. Inspirou o filme que no Brasil se chamou *Relatório Kinsey*, de 2004.

que Gonçalves Dias (41 anos de vida), Fagundes Varela (34), Augusto dos Anjos (30), Raul Pompeia (32), Eduardo Prado (41), Euclides da Cunha (43), Cruz e Sousa (35), Ronald de Carvalho (42), João Alphonsus (43), António de Alcântara Machado (34)... Quando eu era menino ficava muito impressionado com as barbas de José de Alencar... ele me parecia o avô da literatura... Pois Alencar morreu aos 48 anos de idade, e só me faltam três para atingir a senectude que me espantava.

*

Os pintores, as mulheres e o goleiro Manga acertam sempre quando seguem a intuição — e não raciocinam.

*

Em uma revista francesa encontro um anúncio do princípio do século, recomendando à mulher um remédio para engordar e "entrar na linha". A Nana* de Zola, aos dezoito anos, fascinava os homens, e a si mesma, por sua *adorable jeunesse de blonde grasse*. Hoje, em dez pessoas, sete passam fome por falta de comida, e 2,5 por vaidade.

Manchete, 04/11/1967

---

* Personagem principal do romance de mesmo nome de Émile Zola (1840--1902).

12

PAULO MENDES CAMPOS ACRESCENTA NOVAS PÁGINAS
AO SEU JÁ FAMOSO CADERNO, E REGISTRA, ENTRE
OUTRAS COISAS, QUE O ESPÍRITO É INSÔNIA DA
HUMANIDADE.

Foto: uma possibilidade do real.

*

A pose é um pleonasmo fotográfico, pois o instantâneo é a
pose do invisível.

*

Os fotógrafos dos parques documentam o silêncio dos humildes.

*

O fotógrafo sabe que sua profissão é clandestina, e que o mundo é feito de buracos de fechaduras.

*

Só podemos fotografar o que já existe em nós.

*

É próprio da inteligência admitir como realidade aquilo que é compreensível; mas é próprio da alma a tentação de só admitir como realidade aquilo que não é compreensível.

*

O parto sem dor é antes de tudo pedagógico; a mãe sofria muito para dar à luz o filho; algum ressentimento ficava e tinha de ser descontado.

*

Os poetas talvez escrevam para que um dia a poesia não seja tão necessária.

*

A decadência do leitor começa com o gosto exclusivo pelos volumes de biografia e correspondência.

*

A poesia é o trocadilho dos anjos.

*

O poeta não é interditado quando pede a Lua, mas costuma ser metido na cadeia quando pede justiça.

*

Sabedoria: perdoar o bem e o mal que nos fazem.

*

Cultura é a crítica do que é permanente.

*

Demissão do hábito de pensar — eis o que nos propõe a todo momento o cotidiano dilúvio de notícias.

*

A família, esta célula social... Irmanada de novo diante do aparelho de tevê, uma estreita mesmice de preconceitos e mau gosto une a família pelos laços mais vigorosos.

*

A bondade é também um grau de compreensão, um grau daquele tipo de inteligência que Montaigne preferia: a curiosidade universal, aberta a tudo e a todos.

*

Todos os tipos de desespero são respeitáveis, inclusive o desespero da criatura que só na forma encontra uma ordem digna de ser vivida. Mas o Brasil é muito brasileiro e engraçado: aqui, formalista convicto é o artista que faz profissão de fé em torno de uma qualidade que não possui.

O espírito é a insônia da humanidade.

A poesia não é sentida, nem compreendida: é transmitida e suportada como a gripe.

*

1911: "Você irá longe", dizia Péguy a Alain Fournier. "Lembre-se de que eu lhe falei isso". A 5 de dezembro de 1914, morria Péguy na batalha do Marne. Vinte dias depois morria Alain Fournier em Verdun.

Manchete, 16/12/1967

13

PAULO MENDES CAMPOS SENTE-SE O ROBINSON DE
UMA ILHA CREPUSCULAR, ESPERANDO O SEGUNDO
NAUFRÁGIO, ENQUANTO PENSA NOS LENTOS
ENTARDECERES DO PAÇO.

O sol é viril, a noite é feminina, e eu não sei de onde me chega tanta incompetência de viver a hora do crepúsculo. Há o colégio interno com os eucaliptos altos, perfumes vegetais mesclados na brisa, trisso de andorinha nas cornijas da capela, milícias de saudades no coração patético e pateta. Mas não é tudo.

Eu, que a despeito de mim, aprendi a amar a vida, a respeitar as criaturas que se sentem à vontade no mundo, nunca aprendi a amar o crepúsculo. Uma náusea começando, uma irrealidade que me enoja corpo e alma, uma desconfiança animal, uma antipatia cósmica.

Andei em muitas ruas, bebi vinhos fortes em cidades estrangeiras, chorei dentro de vagões de estradas de ferro, vi minhas namoradas se desfazendo entre a luz e a noite, olhos arrogantes de repente humildes.

Inveja dos que sabem aonde ir quando chega o crepúsculo. E nas viagens rodoviárias, quando os companheiros se calam entre árvores sombrias, e a música vulgar do rádio assume o mundo, e a gente se interroga só com o sinal da interrogação, sem palavras.

Se entro no bar, autômato incoerente, coração de lata. Posso amar tudo, fingir-me de tudo, mas não na hora descompassada do ocaso, quando não é ainda, mas é quase. Grades em todas as janelas; as paisagens como se fossem recordadas em aflição; pensamentos contraídos; sentimentos encolhidos.

Ah, Cesário Verde querido, meu irmão, como sou a tua alma quando contemplo, numa lembrança transversa, a tua Lisboa ao anoitecer! Como fala comigo a soturnidade, o bulício, o Tejo, a maresia, o gás extravasado, os carros de aluguel, a cor monótona, o tinir de louças e talheres, os lojistas enfadados, as varinas hercúleas, o peixe podre, as burguesinhas do catolicismo, o chorar doente dos pianos, o cheiro honesto a pão no forno, e Madri, Paris, Berlim, São Petersburgo, o mundo!

Robinson de uma ilha crepuscular esperando o segundo naufrágio. Todos os dias. O céu cor de ratazana. Penso nos entardeceres do Paço, lentos, nos pavões imperiais de São Cristóvão, e nós, ainda mortos, poeira imperceptível no crepúsculo.

*

De madrugada, como se a premonição do acontecimento me despertasse, olhei pela janela e vi no anfiteatro marinho, onde se desenrolava a tempestade, o raio belo e pavoroso. Abriram-se em luz violenta a noite e o mar. Como um verme gigantesco do abismo, uma catarata de luz caótica, véu de noiva pegando fogo, tigre fosforescente precipitando-se do alto às ondas, um polvo arrebentando-se com estrépito. Foi o raio mais belo e mais aterrorizador de minha vida.

Depois veio um silêncio que me deixou quieto e tímido como a alma das crianças pensativas. Eu era uma porta golpeada pelo vento, asa de corvo na tempestade, uma coisa. Pensei na beleza do coração de Ulisses. Em meu coração hermético como uma ampola de luz. Nos artistas que enfrentaram a natureza. E pensei na menina que dormia e só se apercebeu do raio em seu sonho contaminado de presságios: temas futuros de pensamentos incomunicáveis.

Manchete, 24/02/1968

14

PAULO MENDES CAMPOS TORNA A FOLHEAR SUAS
PÁGINAS DE ANOTAÇÕES, VARIANDO DE ANAXÁGORAS
A BAUDELAIRE, PARA PENSAR NA MORNA MONOTONIA
DA VIDA.

O outro é o meu fator.

*

O homem precisa de evasão (álcool); enquanto a mulher
precisa de calma para controlar a realidade (tranquilizantes).

*

Não deixe para o ano que vem. Nem para o fim do mês.
Nem para segunda-feira. Nem para amanhã. Nem para logo
mais. Mude de vida agora.

*

O destino de cada um está de fato previamente escrito, mas é permitido ao homem fazer emendas nesse texto. Melhores ou piores que o soneto fatal.

*

De Anaxágoras: "A individualidade é um erro da natureza que nós pagamos com a morte".

*

Dostoiévski acha que é imoralidade viver mais de quarenta anos. Pascal morreu aos 39; Chénier, 32; Lautréamont, 24; Rimbaud, 37; Apollinaire, 38; Radiguet, vinte; Leopardi, 39; Manrique, 39; Lorca, 38; Miguel Hernández, 32; Byron, 36; Shelley, trinta; Keats, 26; Emily Brontë, trinta; Charlotte, 39; Trakl, 27; Púchkin, 38; Iessiênin, trinta; Maiakóvski, 36; Jacobsen, 39. O próprio Dostoiévski viveu vinte anos além da decência.

*

Quando a burocracia se organiza verdadeiramente, nada mais funciona.

*

O melhor fator de qualquer promoção pública não é a excelência do planejamento, mas a dócil ignorância do público.

*

Alcibíades foi o ateniense mais pra frente de que já tive notícia: filho de família rica, era elegante, bonito, extravagante, intelectual, general inteligente, brilhante conversador, arruaceiro (destruiu numa noite de farra várias estátuas da cidade); criava cavalos de raça e era amigo do peito do maior crânio da época (Sócrates).

*

Charles Whibley foi um jornalista inglês cujo talento T.S. Eliot chama de assombroso. Sua convivência diária com a matéria política não o induziu a qualquer complacência com os políticos, pelo contrário. A seu ver, não eram necessários os dedos de ambas as mãos para contar os homens de Estado que serviram a Inglaterra desde o século XVII, enquanto eram numerosos como grãos de areia os ministros que serviram a si mesmos. De todos os políticos ingleses apenas quatro souberam escrever: Halifax, Bolingbroke, Burke e Disraeli. Os outros só sabiam usar as palavras na causa da retórica. Charles James Fox, por exemplo, através de seus discursos adquiriu a fama de extraordinário homem de letras; mas caiu na asneira de escrever um livro e a fama se foi como espuma. O veredicto de Whibley é curto e seco: "A política é a profissão dos medíocres".

*

Vontade de compor uma litania do amor dos mortos. Assim: dona Rosa falava com amoroso enlevo das praias do Nordeste. E eu também. Dico era capaz de perder todo um dia útil para comer caranguejos na Barra da Tijuca ou na Tijuca. E eu também. Uma senhora paraense, de cujo nome me esqueci, dizia, ao sol do Posto 4, os poemas mais sepulcrais de Baudelaire. E eu também. Amaro podia passar a tarde inteira olhando o fogo. E eu também. Andrade costumava cair em transe lírico durante a sessão solene. E eu também. Joãozinho morreu menino, quando brincava de Tarzã numa construção. E eu (quase) também. Pontes tinha um boi de barro em cima da mesa de trabalho. E eu também. Mário gostava do perfume de xerez verdadeiro. E eu também. O sr. Rodrigues tentou várias vezes chegar ao fim do *Paraíso perdido*. E eu também. O coronel Damásio, sócio do Cinema Elite, pagava com punições alérgicas seu gosto pelos morangos. E eu também. Lucas tinha orgulho de apanhar no ar objetos que se despencam. E eu também. Meu primo Mateus ficou bobo ao ver o mar. E eu também.

E assim por diante, com a morna monotonia da vida e a hostilidade da morte.

Manchete, 11/05/1968

15

PAULO MENDES CAMPOS COMENTA POETICAMENTE
ASSUNTOS DIVERSOS, COMO O SALTO EM ALTURA, O
AZUL DO CÉU E AS NOITES ESCURAS SALPICADAS DE
RÚTILAS ESTRELAS.

De todas as modalidades de atletismo, a mais bela, solitária
e cruel é o salto em altura. Elevar-se do chão, lutar contra o me-
lancólico peso do corpo, eliminar a gravidade da carne e dos
ossos até o limite máximo do possível, é um dos sacrifícios mais
desumanos que o homem pode exigir de si mesmo. Por isso mesmo, o salto em altura deveria ser o adestramento básico de todos
os esportes. Por ser o desprendimento ideal.

A carne é pesada, triste, sensual, imantada à terra, resignada
às leis da terra. O salto, imaterial, é um exercício do espírito. Só
uma ansiedade indomável de pureza pode permitir que uma
criatura terrena se eleve dois metros no ar, para transpor o obstáculo acima da cabeça, acima da compreensão. Segue-se a queda,
o retorno à terra. Não importa: o atleta tentou o impossível e o

conseguiu. Por um momento, desde o instante em que ele se concentrou para o salto, a besta adormeceu e um anjo leve se apossou de seu corpo e de sua alma. É o anjo que sobe ao ar e ultrapassa o sarrafo; o homem desce de novo à terra. O salto em altura confia-nos com uma clareza elementar seu significado, mas todas as formas de atletismo são alegóricas, e por isso permanecem. Todos os feitos atléticos, como todos os feitos do espírito, nascem da humilhação terrestre. Todo homem deve libertar-se, todo homem deve realizar um grande gesto, todo homem deve conhecer a profundidade e amargura de seu limite.*

*

Quando o cego disse que gostaria de viver em um lugar cuja temperatura oscilasse entre quinze e vinte graus e onde o céu todos os dias fosse azul, ninguém na sala sentiu vontade de sorrir. Nem cheguei a sentir um arrepio de tristeza. Ele falou com a voz clara e cheia de sentido. Entendemos de repente um espaço emocional extraordinário, que desconhecíamos. Céu azul não conhece fronteira de sombra; céu azul é indispensável antes de tudo aos cegos; azul do céu não é cor, mas uma qualidade do mundo, uma luminosidade do mundo, uma luminosidade apreensível por todos os sentidos, fragrância, convivência mais delicada, concerto de sons, transparência do universo.

Nos dias cinzentos, o mundo é mais opaco e mais áspero; as pessoas falam com um timbre mais rouco e aflito; os pássaros não cantam; a brisa é mais úmida, o ar mais pesado.

O cego desejava que todos os dias fossem azuis, precisava dos dias azuis mais do que nós, os distraídos na multiplicidade

---

* Os dois primeiros parágrafos deste texto integram a crônica "Atletas", publicada em O cego de Ipanema (1960). Posteriormente seria reunida em O gol é necessário (2000).

do mundo, dispersados em tantas sensações supérfluas. Um poeta disse que Deus é azul. Não creio. Mas creio nos poetas. Creio no azul. Creio nos cegos.*

*

Há uma noite em que obscuras disposições interiores nos levam a apagar as lâmpadas da casa. Clamava na vitrola a clarineta negra de Bechet.** Foi uma noite assim que descobri um jorro de luz pálida a iluminar, a espaços iguais de tempo, o Cristo de Chagall na parede. Era a ilha distante a transmitir um recado, um mundo a sofrer em busca de unidade, um farol, um faroleiro, os negros investigando uma linguagem musical para a desolação, era o Cristo de um judeu russo a sangrar sobre as isbás*** turvas duma aldeia, estrelas rutilantes, vento fluindo, a luz de intensidade enfraquecida vindo morrer onde moro e morro, as vagas rugindo na ressaca, as traineiras ofegantes discorrendo, era eu, encruzilhada de trocadilhos sentimentais, tímido depositário de tantos recados. *Pulvis et umbra sumus.*****

Mas passei desde então a olhar a ilha Rasa com intimidade, a procurar os pensamentos do oceano, habituei-me a desligar as luzes e abrir a janela para que se repetisse nas noites aquele vago murmúrio de luz distante. Um farol e um homem na treva. Sinais obscuros de um mundo obscuro, duas letras herméticas na compacta frivolidade urbana.

---

* Estes três parágrafos constam da crônica "Palavras pessoais", publicada em O *cego de Ipanema* (1960). No *Jornal do Brasil* de 2 de outubro de 1988, Paulo Mendes Campos voltaria a utilizar esses parágrafos, com alterações, na crônica "Ódio à morte da luz".

** Sidney Bechet (1897-1959), clarinetista e compositor de jazz norte-americano.

*** Tipo de casa feita de madeira de pinheiro, muito usada por camponeses na Rússia.

**** "Somos pó e sombra", das *Odes*, de Horácio.

E da minha opacidade triste diante da mensagem dessa palpitação luminosa nasceu novo amor pela ilha. Outrora a contemplei de outras ansiedades, embriagando-me devagarinho pelos bares da orla marítima. Hoje, duas certezas nítidas que se defrontam.

Manchete, 17/08/1968

16

PAULO MENDES CAMPOS ALINHA PENSAMENTOS DE
OCASIÃO, COLHIDOS EM SUA PRÓPRIA EXPERIÊNCIA,
NO ECLESIASTES, EM DOSTOIÉVSKI, RUI BARBOSA E
JACÓ PASSARINHO.

Imposto de renda: meu impulso é declarar que possuo a terra,
o mar, o ar, o sol e as outras estrelas, as florestas, os rios, os vales, as
montanhas, um corpo com todos os sentidos funcionando. Mas me
contenho a tempo: iriam descobrir que tenho mania de grandeza.

*

Uma antipatia especial cria em mim uma simpatia particular pelos cabineiros. Sem chegar a sofrer de claustrofobia, acho
o elevador uma máquina irritante. Como constrange, como de-
mora, como cheira, como angustia o elevador! Basta uma viagem
de meio minuto para que percamos a naturalidade, o bem-estar.
Nem mesmo se pode pensar dentro do elevador, adiamos tudo lá

dentro, deixamos de viver. E inventei para esses momentos uma oração, assim: Senhor, em vossa infinita misericórdia, descontai, como um juiz de futebol, descontai o tempo no qual a vossa criatura, criada à vossa semelhança, acuada e melancólica, vai e vem — ai! — vem e vai — ai! — no interior dos ascensores.

*

Diante do espelho, o homem invisível contempla o nada.

*

Tudo o que me ocorre é que a morte nasce, ama, sofre e morre.

*

Se Deus é um gato, Dostoiévski foi, por excelência, o rato: "Deus torturou-me durante toda a minha vida".

*

Todos os animais são fotogênicos, menos o homem e o macaco.

*

A rosa persegue o poeta como a roda persegue o engenheiro.

*

A casa da poesia tem sete portas e seis chaves.

*

Do cantador cearense Jacó Passarinho: "Eu vi teu rastro na areia, me abaixei, cobri com lenço".

*

Num livro para crianças aprendi que a cor da flor diz o tempo todo: estou aqui! estou aqui!

*

O poeta Dawson descobriu que os hotéis são bem mais caros que os bordéis.

*

Há muita coisa que a gente diz seriamente, mas os outros pensam que é brincadeira. De minha parte sustento, por exemplo, que deviam existir conventos leigos, subvencionados pelo Estado, onde a gente pudesse curar-se da sufocante atmosfera de palavras em que vive. A vida é oratória demais.

*

"A política, no exército, leva fatalmente ao militarismo." (Rui)

*

Tenho uma única superstição, e chega: viver dá azar.

*

O casamento é uma lenta intervenção cirúrgica, de precisa técnica operatória, que tem o poder de separar duas criaturas cruel e desesperadamente agarradas uma à outra.

*

Deixar de escrever! Beber a água na concha da mão, sem o expediente do copo.

*

Não era um egoísta: "Gosto muito da minha mulher, mas também gosto muito das mulheres dos outros".

*

Só os velhos parecem eternos.

Esse rápido e inelutável repuxão de alarme do estrangeiro, quando pressente que vamos colocar-lhe um problema de linguagem sobre o idioma dele.

*

A vida (ou evolução) é uma sequência de vitórias aparentemente absurdas: do inorgânico ao orgânico; do unicelular às organizações pluricelulares; da vida marinha à vida terrestre; do animal terráqueo ao animal voador; do irracional ao racional; do selvagem ao social; do social ao civilizado; do civilizado de hoje a uma coisa cujo nome ignoramos, mas que se confunde decerto com a paz e a justiça.

Do Eclesiastes: "Todas as coisas obedecem ao dinheiro".

Deus nos cria, engorda e mata.*

Manchete, 16/11/1968

---

* Como se viu no texto nº 4, a frase, desenvolvida, foi publicada também na *Manchete* de 04/12/1965.

17

PAULO MENDES CAMPOS RELACIONA QUINZE
PENSAMENTOS ANTIGOS, MAS AINDA OPORTUNOS,
SOBRE SI MESMO, SOBRE OS OUTROS E SOBRE O
MUNDO.

O conflito da mulher do nosso século: reivindica todas as
vantagens da libertação moderna sem abrir mão do culto que o
homem lhe votava no século passado: amor-paixão, cortesia litúr-
gica, prioridades todas, rendição ao mistério (delas), endeusa-
mento.

*

O sensualismo fundamental da criatura, mesmo quando
reduzida pelo sofrimento, tem expressão saborosa em Machado
de Assis: Bentinho, com horror de ir para o seminário, compra
duas cocadas ao vendedor ambulante; Capitu, concentrada na
busca da uma saída, recusa o doce; Bentinho teve de as comer

sozinho: "Vi que, em meio da crise, eu conservava um canto para as cocadas...". Durante a segunda guerra, André Gide descortina num aforismo de Hebbel* a moral cínica dos colaboracionistas: "Que pode fazer de melhor o rato preso na ratoeira do que comer o toucinho?". Machado continua a frase anterior e estampa a perplexidade moral dos céticos: "Eu conservava um canto para as cocadas, o que tanto pode ser perfeição como imperfeição...".

*

— O foguete não é para comemorar nossa vitória, mas para humilhar o adversário.

— E quando o fogueteiro ganhou na loteria?

— Humilha quem não ganhou, o vizinho, os pobres, a humanidade.

*

Paga-se bem a quem encontrar a esposa de Gengiscão, a espada que Napoleão ganhou quando menino, a gravata-borboleta de Fernando Pessoa, a foice de Booz, o espelho de bolsa de Alfonsina Storni, o martelo de são José, o jarro de Maria Madalena, a banheira de Arquimedes, *ad infinitum*.

*

Leitor sou: de Fernando Pessoa, que escreveu em preto e branco o poema "Tabacaria"; da vida de Shelley, que saiu nu pelo mundo; de Rimbaud, que tinha uma cara de ódio e porcelana; do Camões lírico, flexível e verde como um ramo de pinheiro; de Daniel Defoe, a quem dedico agora o nome de meu filho,

---

* Christian Friedrich Hebbel (1813-63), poeta e dramaturgo alemão.

de Li Po, bêbado elementar; de Dante, supremo redator perante o Eterno; de Kafka, comido pelo cupim de Deus; de Shakespeare, poeta do povo, companheiro de bar, *clown* da criação; de Bernanos, roído pelo tédio da paróquia... E assim por diante.

*

Nada do que é humano me é estranho, a não ser a alegria.*

*

Ficar à toa é melhor do que trabalhar; mas trabalhar é melhor do que divertir-se.

*

Se você contar um sonho a quem nunca sonhou, passará por mentecapto.

*

O terrível é que não me sinto livre. Assim como não posso libertar-me do meu passado, também não posso libertar-me do meu futuro. O presente é o relâmpago que me aclara a consciência dessas duas servidões.

*

O passado é um círculo: você, centro do círculo, está igualmente distanciado de ontem e do dia da morte de Sócrates. Há uma hora... há um milhão de anos: igual. Se você for também o centro do futuro, se estiver igualmente distante do dia de amanhã

---

* O aforismo aparece em outras obras de Paulo Mendes Campos, em versões diferentes, às vezes complementadas com "alegria de viver" ou "a *joie de vivre*".

e do ano 2069, o enigma da eternidade é, pelo menos por uma fantasia geométrica, imaginável.

*

A pergunta rabelaisiana põe-se em outros termos: que existiu primeiro, a vontade de beber ou a bebedeira?

*

O conselho vem de longe e de boca sensata: Montaigne na idade madura proibiu a si mesmo os excessos da temperança, como fizera antes com o prazer. E queria para si mesmo, ao atingir aquela *calamité d'âge*, os ofícios alternativos da sabedoria e do desvario.

*

Grande parte das pessoas viaja para adorar; muitos, para detestar; só alguns viajam tranquilos, mas surpresos; e raros viajam surpresos, mas tranquilos.

*

Deus me livre dos sofrimentos e o diabo me livre dos prazeres.

Do ponto de vista folclórico, Deus nasceu na Bahia de Todos-os-Santos; mas, do ponto de vista geoeconômico, Deus nasceu nos Estados Unidos da América do Norte.

Manchete, 08/02/1969

18

PAULO MENDES CAMPOS DEFINE-SE COMO UM
APAIXONADO VOLÚVEL DE TODOS OS TEMPERAMENTOS,
TODAS AS ESCOLAS, TODAS AS CORES E TODOS OS
PRATOS DO CARDÁPIO.

A comunidade era isso: vovó me dava doces; vovô me levava
para passear de bonde; mamãe comprava palmito para a minha
salada; papai fazia meus cadernos de escola; tia Zizinha cortava-
-me as unhas; tia Nininha costurava meus calções de futebol; tio
Valdemar, comentando as notícias políticas, me levava a sério e
pagava minha entrada nos jogos do Atlético; tio Tatá me passava
com frequência uma nota de cinco; tio João, quando aparecia,
jogava esgrima comigo (floretes de bambu) no fundo do quintal;
tio Antônio me ensinou a fazer uma horta; Hélio, meu primo,
me deu o primeiro cigarro; Dolores me defendia dos moleques
maiores. E eu era um capeta! E há ainda quem fale mal da família! Ah, ia me esquecendo: Isabel olhava para mim com doçura
e suspirava: "Coitadinho dele!".

*

Quando moro em Ipanema, sou ipanemense convicto; quando moro no Leblon, sou leblonense de coração. No sentido publicitário do verbo, me vendo depressa a ideias, pessoas, paisagens, climas, tudo o que existe.

*

Nunca tive centro de gravidade mental ou psíquico. Vou com todo mundo, todos os temperamentos, todas as escolas, todos os pratos do cardápio.

*

Dou a alma pelo azul e traio o azul com o castanho. Nasci vendido ao mundo, embora desconfiasse dele. Amo a sobriedade quando estou sóbrio, amo a embriaguez quando dou para *ubriaco*.*

*

Não posso contemplar um cartaz turístico sem me derramar pelas ravinas glaciais da Suíça, pelos labirintos sombrios de Praga, pelas aldeias lavadas como roupa branca de Portugal. Mas sou capaz de trocar tudo pelas praias do Rio.

*

Não é preciso eloquência para me convencer. Amarro mi-

---

* Palavra italiana que significa ébrio, embriagado. Na crônica "Perfil a lápis", publicada na *Manchete* de 02/03/1974, a versão é a seguinte: "Amo acima de todas as coisas a sobriedade dos sentidos. Mas dou um boi para ficar *ubriaco*". A crônica seria incluída em O *amor acaba* (1999).

nhas mãos para não bater palmas a certos discursos; prendo os tornozelos a cadeias pesadas para não ir a certos lugares.

Fecho os olhos para não sorrir de graça a quem me detesta. Às vezes agrido porque também amo a agressão. Às vezes choro porque chorar é um prazer irreprimível. Perdoo a mim mesmo porque é bom e me destruo porque também é bom. Sou vidrado na minha dor.

*

Estraçalho uma bacalhoada com um fervor lusitano e sei dedilhar uma travessa de *escargots* com um racionalismo gaulês.

*

A chuva me compra fácil, e quando vem o sol me aqueço e esqueço. Se me dedico dois minutos a pensar no tamanho da terra, nas honestas canseiras da lavoura, quero ser agrônomo, lavrador, bicho do chão, raiz; saio voando quando passa o avião.

Pobre ser mercurial, escorro em tudo, rolo, fujo e me recomponho.

Às vezes dou comigo a construir uma casinha em Brás de Pina, erguendo um rancho nas lonjuras do Triângulo Mineiro, abrindo uma camisaria na avenida Ipiranga.

Vou e venho — é um direito que me impele, que me perturba. Amo e desamo. Faço e desfaço.

Vi em Shakespeare um tonto quando li o ensaio de Tolstói;* mas no dia seguinte reli A *tempestade* e achei indesculpável a cegueira de Tolstói. Fiquei entusiasmado com uma palestra do

---

* Provavelmente Paulo Mendes Campos se refere ao ensaio "Sobre Shakespeare e o teatro (Um ensaio crítico)", escrito por Tolstói em 1906 e incluído em Os *últimos dias*, da Penguin Classics Companhia das Letras (2011).

padre Vilela sobre o mistério da santíssima trindade, embora não tivesse fé em deus nenhum.

Passo para o lado de quem sabe me atacar.

Redator de publicidade, fiquei fã da fabricação de tubos de aço sem costura.

As palavras me pegam; as imagens me pegam, as inflexões me pegam.

Vou até a consumação dos séculos com a mulher que me estende a mão. Sou amigo de infância do desconhecido que se abre.

Sei distinguir o bem do mal, o bom do ruim, mas o mal e o ruim frequentemente ganham de mim. Chego a morrer com simpatia. No fim de tudo, resta o silêncio, que é a minha liberdade. O meu vazio.

Ou estarei arranjando uma mentira vital? Serei o bobo do universo? Talvez nem isso: só um bobo. E nada tenho contra o ser bobo.

Manchete, 14/06/1969

19

UMA PARÁBOLA SOBRE O SILÊNCIO, UMA PALAVRA
SOBRE A PARÁBOLA, O SORTILÉGIO ANTIGO DOS
TRILHOS.

E eis que o *homo faber* inverteu os comandos. As mãos paralíticas desaprenderam: um dedo rijo é suficiente para apertar os botões.

As chaminés não dão trégua ao oxigênio. As águas eram o luxo da terra, e começaram a sofrer a destruição da guerra química.

A relva dos vales já não é a doçura. O mar começa a apodrecer.

Chove do céu a lava do inferno, imperceptível e implacável como a corrupção.

O coração do silêncio, onde morava um resto de sabedoria, foi destroçado com explosões. Mas o silêncio será reconquistado, quando se romperem os véus dos nossos tímpanos.

* * *

As literaturas primitivas se exprimem por meio de parábolas. Na parábola, a trama anedótica não é um fim, mas um meio, o instrumento que serve para caracterizar uma experiência humana de valor permanente. Os velhos contos mitológicos encerram praticamente toda a gama das vivências. As histórias de Narciso, de Sísifo, de Édipo e todas as outras do mesmo naipe hão de ficar para sempre como o tratado disperso da anatomia da alma. São os pontos de referência a que temos de retornar; a civilização tecnológica não diminui a importância dessas alegorias, pelo contrário, é nelas que a ciência psicológica encontra os paradigmas das mais recônditas experiências humanas. São a novidade eterna do homem.

* * *

A infância era ferroviária. Todos os meninos da minha geração queriam ser maquinistas.

Amava caminhar descalço sobre o metal tépido dos trilhos. A cabeleira verde do capim esvoaçava no remansoso entardecer.

Os pontilhões armavam-se sobre os rios e me comoviam. Todos os símbolos essenciais estavam em meu mundo ferroviário. Minha fantasia não era povoada de entes sobrenaturais; só as máquinas eram fantásticas; só os sonhos construídos pelo homem valiam a pena, cabiam em nossas medidas.

Entrava pelos túneis com o sobressalto eufórico de quem se inicia na literatura ou na música; a penumbra lá dentro era uma linguagem menos inteligível e mais fascinante do que a luz; a umidade fria era um pressentimento de túmulo, e o clarão luminoso na boca de saída gritava a palavra da ressurreição.

O reino ferroviário tornava possível o impossível, materializava a imaginação do menino. Os trilhos de ferro, avançando no espaço, davam um caminho à solidão, prometendo convivência, aventura, cidades tumultuosas. O trem de ferro, força secreta de meus devaneios, prometia-me toda a excitação de existir.

Vivi nas estações. Invejava os carregadores, os operários, erguia os olhos para os chefes de trem com o pasmo do menino Heine ao ver passar Napoleão. Vibrava com os sinos que anunciavam a entrada de meus monstros sagrados, passava tempo sem tempo contemplando o preciso mistério de um desvio automático, animava-me a linguagem do telégrafo, trocaria os meus pássaros pela lanterna que o homem de capa esburacada carregava nas tardes escuras de chuva. Meus dedos trêmulos roçavam as garras de aço do limpa-trilhos; não bastava ver para viver, era preciso sentir no tato o calor das locomotivas furiosamente fatigadas, pegar nas poeiras dos caminhos do mundo, manchar-me na graxa e no carvão que alimentava o grande ídolo. Fui foguista, roda de aço, guarita, engate, luz acesa na estrada.

E até hoje não sei decompor esse sortilégio. A vida ferroviária encantou-me. Hoje, gasto ou consumido em todos os meus sonhos tortos, subo aos vagões de trem de ferro em silêncio. Gozo em silêncio a minha fascinação, intata.*

Manchete, 04/10/1969

* Versão modificada do texto do autor incluído na *Pequena antologia do trem*, organizada por Laís Costa Velho e publicado pela RFFSA/Senai (1974).

20

PERGUNTAVA ÀS ESFINGES ENIGMAS SIMPLES:
O QUE EXISTE DO LADO DE LÁ DE TUDO?

A solidão dum cabaré (cheio ou vazio) só é comparável à funesta beleza dos tigres enjaulados, que só chega aos pés da alienação enorme e levíssima dos paquidermes.

*

Só tenho de meu uma visão alta, ligeira e confusa como a dos pássaros. E umas tardes de setembro de 1942.

*

Uma lancha ganha o mar alto contra o vento: na praia, outros domingos, idos e por vir, suspiram nas almas.

*

Uma tarde em Paris, amei uma Geneviève com tanto cuida-do e carinho, como se ela fosse o ALÉM e eu fosse o DEVAGARINHO.*

*

Então eu fui em frente, feliz, como se os deuses consentis-sem na alegria do meu crime.

Se morro porque a vi
com quem mais eu viveria
*in a kingdom by the sea?***
Ninguém, Maria.

*

Desprezava ratos, detestava intimidades, adorava castiçais. Colecionava fotografias, cartas, peças de teatro, palavras fora de moda, ingratidões sutis. De olhos fechados com os pés no rio, de boca aberta à beira da rua. Uma tarde, abriu a blusa, boba, sacri-ficou-se a Vésper. Contou-me que foi ao açude fazer amizade com o sapo grande, e as bocas das flores, beijadas, morriam. A vida! Perguntava às esfinges enigmas simples: o que existe do lado de lá de tudo? Por que o carneiro é manso e o mar é bravo?

---

* Publicado com o título "Infinito em câmera lenta" em *Transumanas* (1977). Provável referência a Geneviève de Brabant, heroína de lenda popular da Idade Média. Acusada de adultério, sofreria até que sua inocência fosse reconhecida. É citada logo nas primeiras páginas de *No caminho de Swann*, de Proust.
** Referência ao poema "Annabel Lee", de Edgar Allan Poe, que começa assim: *"It was many and many a year ago,/ In a kingdom by the sea,/ That a maiden there lived whom you may know/ By the name of Annabel Lee;/ And this maiden she lived with no other thought/ Than to love and be loved by me"* [Há muitos, muitos anos, existia/ num reino à beira-mar,/ uma virgem, que bem se poderia/ Annabel Lee chamar./ Amava-me, e seu sonho consistia/ em ter-me para a amar].

Depois casou-se contra a vontade dos pais. Mudou-se para longe e não nos vimos mais.

*

Este nosso amor, francamente, não presta mais pra nada.

*

Ah, tudo é tão bom
em Copacabana
enquanto durar
a ninfa que baila
podendo fundir-se
às cores do mar. *

*

Existem astros por detrás do ardil com que me prendes.

*

As coisas existem para que possamos conferir o poder da gramática.

*

A poesia se divide em três gêneros: a lírica de teus olhos; a epopeia de teu ventre; o drama de teus cabelos.

*

Quem vive pelo menos é visível.

*

* Publicado, sem alterações, com o título "1945" em *Transumanas*.

Porque Maria não entendia de poesia e conversava filosofia, eles diziam que Maria era fria. Também pensei com toda gente: Maria é fria. Dizer não posso que seja quente de sangue ardente, mas nem tampouco que seja fria como dizia. E digo ainda: atrás daquela filosofia só existia para Maria a poesia.

*

De abril um céu aberto
caiu dentro de mim.
Eu o mereço (é certo)
mas nunca foi assim.
Obrigado, obrigado
Senhor dos céus de abril,
o amor que tenho é dado
só a um entre mil.
Se a meus contentamentos
quiserdes pôr um fim,
castiguem-me os maus ventos
(obrigado, obrigado),
que sempre foi assim.*

*

Ela o seguia sem orgulho como o eco; incerta como o bêbado; condicionada como o cão.

Manchete, 25/04/1970

* Publicado, sem alterações, com o título "Elegia" em *Transumanas*.

21

EÇA ESTAVA NA DELE, GARÇOM SE ESCREVE COM M,
O MAR MORRE ANTES NO VERSO DE LORCA, O PERDÃO
É SEMPRE UM NEGÓCIO.

A estudante do clássico veio mostrar-me. Estava lendo *O primo Basílio*, para fazer um trabalho, quando encontrou o seguinte trecho: "Um rapaz de barba desleixada, o olhar um pouco doido, entrou; era um estudante da Escola, amigo de Julião; e quase imediatamente os dois recomeçaram uma discussão que tinham travado de manhã, e que fora interrompida às onze horas, quando o rapaz de olhar doido descera a almoçar à Aurea.

— Não, menino! — exclamava o estudante exaltado. — Estou na minha! A medicina é uma meia ciência, a fisiologia é outra meia ciência!"

O Eça, como sempre, estava na dele. Lembre-se de que *O primo Basílio* foi publicado há quase cem anos.

※

Ficava tinindo quando escrevia garçom e o revisor mudava para garção ou *garçon*. Garção então é de doer! E é palavra que jamais foi ouvida nos restaurantes, bares e botecos do país. Pois outro dia, num desses livrinhos de português que se publicavam no princípio do século, ingênuos mas de boa-fé, quase sempre prefaciado por uma carta-prefácio meio tapeativa de Rui Barbosa, encontro um exemplo arqueológico do emprego de garçom em português. Na *Canção do Figueiral* (documento do século XII): *"Adios, vos vaydes, garçom, ca nom sei/ Se vos onde vos falades mais vos falarei"*. A prova de vernaculidade pode ser pouca, mas, para mim, é o suficiente.

*

Um dia comprei um rádio mais ou menos robusto. No início, foi uma diversão: pulava de Londres para Salvador, de Salvador para Lisboa, de Lisboa para Paris. Hoje o mantenho sintonizado na Rádio Ministério da Educação, na qual ouço, a qualquer hora, excelentes programas. Só posso lamentar que alguns deles sejam curtos demais.

*

Achava bonito, por uma ressonância simbólica e pessimista, o verso de García Lorca: *"También se muere el mar"*.* Pois li há pouco, numa entrevista de Cousteau, o grande oceanógrafo francês, esta afirmação deduzida de provas científicas: *"O mar está morrendo"*.

*

---

* Verso da parte 3, "Cuerpo presente", do poema "Llanto por Ignacio Sánchez Mejías".

Podemos (ou devemos?) julgar todas as obras pela cara (ou pela alma?) de quem as faz: arte, literatura, política etc. Quando gosto da poesia de Fulano porque vou com a cara dele, cheguei ao estado puro e perfeito da identidade crítica.

✻

O fantasma duma casa vazia é a pessoa que se encontra dentro dela no momento.

✻

Cheguei afinal à infância da morte: tudo é novo outra vez.

✻

Ginger Rogers e Katharine Hepburn alimentaram as duas paixões simultâneas da minha adolescência: uma sensual, outra romântica.

✻

Há o burro burro e o burro inteligente; este é o que fala pouco.

✻

Quem não amar a Fera, jamais conhecerá a Bela.

✻

Perdoa a ti mesmo e perdoarás quem amas; perdoando quem amas, perdoarás os outros; perdoando os outros, perdoarás teus inimigos.

✻

Se perdoas teu inimigo, o veneno dele se acaba.

*

Há um mês que me passou pela cabeça a ideia de escrever um livro sobre Zequinha Estelita.* Sabendo que ele reagiria sarcasticamente à ideia, não lhe disse nada. Mas, umas poucas horas antes da queda fatal na lagoa Rodrigo de Freitas, manifestava eu para ele a minha convicção: sem escrever, sem pintar, sem fazer cinema ou canções, Zequinha era a criatura mais significativa da minha geração.

Manchete, 10/10/1970

---

* Zequinha Estelita (1926-70) foi corretor de terrenos e boêmio que fez história na Ipanema da década de 1960.

22

HÁ EM MIM NESTE MOMENTO UM ABISMO DE
INOCÊNCIA, UM ABISMO DO QUAL POSSO CONHECER
APENAS OS PRIMEIROS ESTÁGIOS, AS PRIMEIRAS
VERTIGENS.

Quando era adolescente e resolvi fazer-me escritor, ou achei
que era escritor, comprei três cadernos: num fui copiando poemas sobre a morte; no outro anotava os trechos que doíam com
a passagem do tempo; no terceiro transcrevia o verso e a prosa da
solidão. Tempo, solidão, morte. *No way out.** Em vez de sair
para o mundo, eu me fechava no quarto; e, mesmo que saísse
para a rua, estava confinado a três dimensões sepulcrais. Enfim,
eu me negava a própria vida sobre a qual tinha a pretensão de
escrever, fadava meu destino de escritor a uma frustração puniti-

---

* Dois desses cadernos (solidão e morte) estão no arquivo do autor, sob a guarda do IMS.

va. E criava condições intoleráveis a meu destino de homem simplesmente.

*

Perdemos a inocência quando aprendemos a olhar as horas do relógio. O tempo do adulto é um imposto cobrado pela inteligência do mundo, um freio de que fomos libertos na infância e de que podemos nos livrar ainda em estados excepcionais de paixão, de contemplação puríssima, de intoxicação e de loucura.

*

Há em mim neste momento um abismo de inocência, um abismo do qual posso conhecer apenas os primeiros estágios, as primeiras vertigens. A delicadeza imensurável que experimento em todo o meu corpo-espírito isola-me de todas as criaturas, próximas ou distantes. É um mundo por demais lento e delicado para que exista comunicação entre mim e os outros. É como se dentro da delicadeza houvesse uma segunda delicadeza, e dentro desta uma terceira, uma quarta, uma quinta, e só lá no fundo, de não sei qual película sutil, a verdadeira delicadeza. Meus próprios erros e brutalidades não me atingem. É uma inocência que só posso chamar de pré-natal. Mas o abismo pré-natal não é o mais profundo de minha suspeita: mais fundo, muito mais fundo, nos espaços ilimitados do tempo, suspeito a presença duma inocência cósmica, e esta se passa tão longe, que nem se pode imaginar, em nebulosas ignoradas e quase cantantes à força de silêncio.

*

O mundo não é alegre, nem triste, nem neutro. Estas palavras não significam. O mundo possui uma força: esta força é inominável. O homem não é bom, nem mau, nem pobre-diabo:

o homem possui (ou é) a mesma força inominável. Se fizermos justiça às coisas, seremos justificados (ou justiçados); se as reconhecermos, seremos reconhecidos.

*

Olho para uma vasilha cheia de azeitonas e sinto respeito. Vivemos habitualmente, todos nós, sobre os nervos, em ritmo mais acelerado que a percepção. Essa nervosidade é um sucedâneo: substitui a vida, não é a vitalidade. Vivendo com a velocidade dos nervos, a importância de uma azeitona me escapa. A própria presteza de minha percepção nervosa me impede de ver o que é lento dentro e fora de mim. Só posso ver o que possui a velocidade aproximada à dos meus nervos. Daí, habitualmente, nada existir mais estranho ao homem do que uma azeitona, um monge do Tibete, um pedaço de madeira — identidades antípodas ao ritmo de nossos nervos. Mas a contemplação descobre a vida sem os nervos, libertando-se do desacerto fundamental de dois ritmos. A contemplação é o espírito devolvido ao ritmo do universo, e o ritmo do universo é um movimento que é ao mesmo tempo imobilidade ou quietude. Agora, por exemplo, o pequeno fruto movimenta-se na sua quietude. Sinto suas fibras consagradas ao ritmo de existir: o pedúnculo que se oferece com dignidade; a inelutável verdade da azeitona. A azeitona não está sozinha no universo; só o homem tem a capacidade de estar sozinho no universo. Mas neste momento também eu não estou só, pois estou surpreendendo o ritmo da azeitona, pois acerto meu modo de existir ao compasso do universo, ao consentimento das coisas.*

---

* Este parágrafo integra a seção "Lição de coisas" do texto intitulado "Uma experiência com ácido lisérgico", incluído em O colunista do morro (1965). O

*

Sou um sujeito especialmente irritável pelos ouvidos. Faço minhas estas palavras não me lembro mais de quem: é difícil viver com os homens porque o silêncio é difícil. O inferno para mim é o barulho dos outros. Busco o sono mais pelo silêncio do que pelo repouso. Abomino a vulgaridade dos estridentes. Soerguem-me ímpetos monstruosos quando uma criança estridula perto de mim com aquela certeza (também monstruosa) de que descobriu um meio infalível de torturar os adultos. Gosto dos velhos porque valorizam a quietude. Enervam-me os cães, os gatos lúbricos, os papagaios, as ventanias ululantes. Aprendi, sem deliberação, a pisar leve, a fechar portas com respeito. A primeira coisa que noto na mulher, depois da qualidade da expressão, é a tonalidade da voz. E amo o rei Lear quando fala da filha morta: *"Her voice was ever soft,/ gentle, and low, an excellent thing in woman"*.*

Manchete, 04/09/1971

---

autor o publicou ainda com o título "Experiência com LSD" em *Trinca de copas* (1983).

* Palavras do rei Lear no ato 5, cena 3 de *King Lear*, de Shakespeare. Segurando Cordelia, morta, nos braços, ele diz: "Sua voz foi sempre suave,/ Doce e gentil — virtudes na mulher".

23

DESLUMBRADO COM O VIRTUOSISMO POÉTICO DE
CECÍLIA MEIRELES, O CRONISTA AFIRMA QUE SEUS
VERSOS SÓ TINHAM UMA MONOTONIA: A DA
MONOTONIA.

Dos mais leves encargos que já tive: organizar uma seleção dos poemas de Cecília Meireles. São estas as alternativas de qualquer antologista: a produção do autor é desigual, com peças mais altas, medianas e inferiores; a produção do autor é homogênea.

No primeiro caso, corremos o tempo todo o risco de nos reconhecermos em trabalhos menos valiosos ou de ficarmos atolados na velha perplexidade: uma antologia deve ser qualitativa ou representativa?

Nesse embaraço não caí: não há poeta moderno em língua portuguesa mais harmonioso do que Cecília Meireles; do princípio ao fim, com o mesmo fino fio de seda a incomparável artífice e artista teceu suas peças inconsúteis. Repete muito seus temas, certo, mas é isso que nos deslumbra: o virtuosismo de seu gênio foi reviver indefinidamente os mesmos objetos. Talvez mesmo a sua arte poética, jamais confidenciada, esteja nessa disponibilidade constante do espírito diante da mesma rosa, da mesma noite, da mesma criatura. Só há uma monotonia em Cecília Meireles: é a inacreditável qualidade de seus versos, é o nítido tecido conjuntivo de toda a sua obra.

Libérrima e exata — Manuel Bandeira disse tudo em duas palavras. Os poemas que escolhi não foram apanhados com as pinças da faculdade crítica, desnecessárias no caso; vieram até a mim como se estivessem mais imantados que os outros. Foi só deixar que o doce milagre acontecesse. Reduzir a atividade crítica ao magnetismo é uma suave consolação para quem faz uma antologia.

*

Minha inteligência dá para não morrer de fome; mas não dá para não morrer de imposto de renda.

*

A literatura só pode ser um jogo entre a ordem e a aventura, duas palavras que ganharam profundidade crítica num verso de Apollinaire.* A vanguarda sem a resistência da ordem (ou tradição) é uma luta de boxe sem adversário.

*

Para ficar só nas objetividades: sou um dentista frustrado; advogado frustrado; veterinário frustrado; aviador frustrado; jor-

---

* O poeta francês Guillaume Apollinaire (1880-1918) contrapõe Ordem e Aventura no poema "La Jolie rousse" [A linda ruiva]. Foi traduzido para o português pelo poeta e tradutor Antonio Cícero.

nalista frustrado; prosador frustrado; poeta frustrado; bêbado frustrado. *Éblouissante carrière!**

*

Em 1842, instado por Charles Nodier, Alfred de Vigny apresenta-se candidato à Academia Francesa, que antes desprezara. O poeta descreve no diário a visita protocolar a Royer-Collard. O velho acadêmico, com quase oitenta anos, prefere receber no momento a visita de seu médico. Confessa que não leu um livro nos últimos trinta anos, mas vota sempre nas eleições. Já havia dito isso ao outro; o "outro" era Victor Hugo. Mas há na descrição do encontro uma curiosa observação sobre uma palavra que se tornaria das mais usuais, em vários idiomas, um século depois. Diz o velhinho para Vigny: "Minha opinião é que o senhor não tem chances. CHANCES! Não é assim que se diz agora?".

Paráfrase do "Êxtase" de Victor Hugo:

No noturno das estrelas,
eu, só eu à beira-mar.

Nenhuma nuvem no céu,
nenhuma vela no mar.

Meus olhos viam mais fundo
que a transparência do ar.

O mundo-todo terrestre,
num confuso murmurar,

* Brilhante carreira!

ao céu em fogo indagava
e ao movimento do mar.
Uns murmurando em voz baixa,
os outros já a gritar,

astros, ondas, respondiam
ao estranho questionar:

É o Senhor nosso Deus,
Deus do céu e Deus do mar. *

Manchete, 08/07/1972

---

* Publicado, sem alterações, com o título "Victor Hugo" em *Transumanas*.

24

DI, SEMPRE JOVEM COM SUA FOLHAGEM SEMPRE
VERDE: RIMBAUD CONTRA ANATOLE FRANCE;
A GRUA, O RELÓGIO E CARANGUEJO; OS VIVOS
E OS MORTOS; TUDO VAI BEM.

Sonho que Di Cavalcanti num transe sonambúlico pintou um maravilhoso mural erótico (o casamento do Céu e do Inferno), assinando com as letras invertidas: ID. Acordo no meio da noite e dou graças a Ovalle (creio em Ovalle) pela serena beleza do sonho, pois nos últimos anos o inconsciente também me serve muito mais angústia que fantasia.* E graças dou ainda ao próprio Di Cavalcanti. Às vezes íamos almoçar com o saudoso

---

* Aqui Paulo Mendes Campos evoca o poema "Mal sem mudança", de Manuel Bandeira, cuja segunda estrofe é: "Já não me entendo mais. Meu subconsciente/ Me serve angústia em vez de fantasia,/ Medos em vez de imagens. E em sombria/ Pena se faz passado o meu presente".

Mário Cabral* num restaurante antigo da rua Senador Dantas. Um dia estive num deserto encravado na Ásia e descobri o seguinte: de todos os brasileiros só ele não me faria morrer de espanto se de repente surgisse por detrás de uma duna. Agora, descobri outra coisa: não são apenas as folhas que farfalham: com suas frases picadas e risadas curtas, apesar de rotundo, o Di é uma farfalhante criatura. É por farfalhar na brisa do ar refrigerado que o nosso pintor continuou sempre jovem com sua folhagem sempre verde.

O conto "O jogral de Nossa Senhora" é bonito. Mas é uma pena que tenha sido escrito por Anatole France e não tenha ocorrido ao gênio poético de Rimbaud.

*

Algumas frases entram perfeitas pelos meus ouvidos conscientes e retrocedem irreconhecíveis e imprestáveis da minha cuca semiadormecida. Por exemplo: quando a grua entrou na curva meus cabelos ficaram em pé. — Graças a Deus meu colesterol nunca precisou de ir ao veterinário. — Relógio pensativo, vai ver, não tem nenhum motivo. — Caranguejo idoso medita muito e brinca pouco.

*

Os vivos cometem o erro de muito distinguir; os anjos (diz-se) muitas vezes ignoram se caminham entre os vivos ou os mortos. Não só os anjos de Rilke: já na vizinhança do crepúsculo, não é possível distinguir com nitidez os vivos e os mortos que nos

* Mário da Veiga Cabral (1894-1973), geógrafo e historiador cuja *História do Brasil*, de 1920, teve enorme sucesso.

acompanham. No princípio, sim, éramos todos vivos. Aprendizes, serventes, pedreiros, mestres e contramestres, melhores ou piores artífices, escolhêramos o nosso ofício: continuar a construção, que nunca se acaba, da literatura brasileira. Para nós, os meninos candidatos a aprendizes, aí por volta de 1940, os dois reinos, sim, então se separavam com clareza: os mortos de um lado, os vivos de outro. Um homem subia devagar a rua da Bahia, pensando a vida em termos de criaturas. Em São Paulo, na rua Lopes Chaves,* um homem grande consertava as cruzes de seu destino. Foi ele, João Alphonsus, o primeiro a morrer. Eu o contemplei no caixão sem admitir a morte: como as criancinhas ou como o velho Walt Whitman. No ano seguinte morre de repente Mário de Andrade. (Desejava escrever "morria de repente", mas mantenho o lapso.) E os outros se foram numa fieira fúnebre. Como os anjos, já não podemos distinguir, em certos momentos de uma outra lucidez, se vamos entre os vivos ou os mortos. Percorro a cidade e o encontro com os mortos não mais me surpreende. Neste velho botequim da rua do Senado o velho Graça e eu costumávamos virar uma talagada de Bagaceira depois do trabalho no jornal. Aqui, nesta esquina da avenida São João, vi o Mário dando adeus e nunca mais o vi. No apartamento de Cícero Dias em Paris José Lins do Rego furtava na contagem das cartas com um prazer pletórico. Um dia levei um susto daqueles vendo Emílio Moura dirigindo um automóvel. Estou vivo ou morto? Não sei. É por isso que existe entre companheiros de geração uma complacência, ou uma afabilidade terna, que os moços não podem entender.

*

* Rua Lopes Chaves 108, endereço de Mário de Andrade, que ali morou de 1921 até sua morte, em 1945.

Em matéria de ideias, sou um monstro de caretice, imperdoável ao pensamento dos moços pra frente. Basta dizer o seguinte: algumas das minhas principais convicções são estas: mãe e pai é a melhor coisa do mundo; não há bem que sempre dure, nem mal que nunca se acabe; quando acontece uma desgraça, ainda podia ser pior; enquanto a gente tem saúde, está tudo bem. E daí por diante, vejam só.

Manchete, 16/09/1972

25

FLORES, CORES, UM CAVALO VERMELHO EM PRAIA
DESERTA, A EPIDERME DE VERA, JANELA PARA
O MAR E PARA O CÉU: FOME E SEDE AO CHEGAR
DE TREM A VENEZA.

Psicologia microscópica: é na vizinhança que fazemos nossos melhores e piores amigos.

ÉDIPO em várias línguas — Nordestino: meu saudoso pai era moral, espiritual e antes de tudo mentalmente um verdadeiro gigante! Era deste tamaninho mas valente como uma peste! Coitado, não teve instrução, mas tinha um talento de meter medo! Foi poeta, repentista e glosador de primeira água! No sertão ainda está para surgir outro igual!

Mineiro (mais que lento): o velho, quando faleceu (que Deus o tenha), deixou uma terrinha, meia dúzia de vaca magra. Pelejei o que pude. Pelejei, pelejei, pelejei. Quá.

Gaúcho: o meu pai era um belo tipo de homem. O bisavô dele era da Bavária. Um homem desta altura, olhos azuis, cabelos quase brancos de tão louros. Morreu com 98 anos, ainda praticamente em cima dum cavalo, chê. Sempre pulou da cama quando raiava o dia, já de cuia na mão. Sabia carnear uma rês como nunca mais eu vi ninguém. Quem não comeu churrasco feito pelo velho não sabe o que é isso.

Alemão: o meu pai era segundo violino em Stuttgart quando veio primeira guerra. Emigrou pra cá depois de vender tudo e abriu um restaurante.

Japonês: avô plantava tomate em Kyushu.* Pai fez mesma coisa. Filho planta tomate em São Paulo.

Francês: *M. pour lui!***

SEMPRE Homero: inspirada por Atena, Nausícaa, filha do rei Alcínoo, lava suas roupas na praia em companhia de servas. Finda a tarefa, fazem um piquenique à beira-rio. Brincam com uma bola, a pela. A princesa erra um passe, enviando a bola para fora do campo, provocando gritinhos das outras moças e acordando Ulisses, que aportara à ilha depois duma terrível tempestade. Como se vê, a nossa pelada também é homérica.

Nada mais espetacular foi jamais escrito sobre a solidão, quando santa: "Que luxo estar sozinho!". Só podia ser mulher: Virginia Woolf.

Colette fala nas *balsamines**** de que carinhosamente cuida-

---

* Kyushu ou Quiuxu é a terceira maior ilha do arquipélago japonês.
** *Merde pour lui* é expressão francesa que significa: "Boa sorte para ele".
*** *La Balsamine* foi uma série da televisão canadense em 1962-3 protagonizada por Colette Courtois.

va. Dou com sementes de *balsamines* numa loja e as planto com o mesmo carinho. Deram flores, magníficas, e eram o nosso beijo-de-frade. Já dizia Shakespeare...

É como dizia meu amigo Antônio: "Não se meta com mulher honesta, que sai caro paca!". Ou como diz a tia de meu compadre Luís, a de Bauru, a que caiu ou entrou na vida como quem cai ou entra na piscina, já arrependida depois do primeiro quinquênio: "Pois é, Duduca, a coisa ainda mais rendosa do mundo é mulher honesta".

Declaração de bens: uma família. Um time de amigos. Crédito no bar. Alguns livros. Discos. Geladeira. Um século de recordações, minto, mil anos de recordações. Uma meia dúzia de crepúsculos interiores. O fato de Deus ter-me poupado o sentimento da esperança. As pontes de Paris quando amanhecíamos. Um pátio em San Gimignano, batido pela tarde amarelenta, com uma menina e uma velha. Obras completas de Shakespeare. Versos soltos revoando na memória. *Clair de lune*, vivido pela imaginação do declarante durante os dois anos mais sentimentalmente dramáticos da adolescência. Flores. Cores. Intoxicações de lucidez. Um cavalo vermelho andando perto do mar em praia deserta. As especiarias do Oriente. A epiderme de Vera. Os pontos de vista de Estela. Janela para o mar e para o céu. Uma noite de setembro de 1949, na qual o declarante, só, extenuado, sujo, feliz, sentiu fome e sede violentas ao chegar de trem a Veneza. Um pedaço de Ouro Preto. Cinco ou sete deslumbramentos achados na rua. Mais de dez tristezas importantes. O desaparecimento do próprio declarante, quando for.

De Ungaretti:
Destas casas
nada ficou
além de muros retalhados

De tantos
que iam comigo
nem tanto ficou

No coração entretanto
não falta nenhuma cruz
Meu coração é o mais estraçalhado. *

Manchete, 14/04/1973

---

* Tradução do poema "San Martino del Carso", inédito em livro de Paulo Mendes Campos. No seu arquivo encontra-se o poema com a indicação "Poeta do dia". É provável que ele tenha pretendido incluí-lo na seção "Poeta do dia" do *Diário da Tarde*.

26

POEMA BOM, MANUEL, E ETERNO É AQUELE QUE A DESVAIRADA AMIGA, QUE A GENTE NÃO VÊ HÁ MUITO TEMPO, FÃ DE UM DESVAIRADO INGLÊS ISABELINO, MEIO BÊBADA, PELO TELEFONE, OU VIA SATÉLITE, NOS TRANSMITE DE REPENTE NA LUCIDEZ DA MADRUGADA.

Composições da criança

O beija-flor. O beija-flor não gosta nada que outro beije a sua flor. O beija-flor gosta mais de flor de canudinho, feito mulungu, capuchinho e flor de banana. Gosta também de rosas e outras flores muito oferecidas mas é menos. Pra que então ter um bico tão comprido? Um dia um beija-flor adoidado pensou que o meu gorro escocês (vermelho, verde e azul) era um bando de flores na minha cabeça. Passarinho míope passa susto na gente.

Gosto. Mamãe gosta mais de canarinho-da-terra do que de canário-belga. Eu também?

Sabiá. Sabiá é um bom sujeito. Sabiá, se ele não fosse passarinho, era amigo da gente, aposto. Quando ele come fruta não é como sanhaço que come sem vergonha. Sabiá não, só não pede licença porque não sabe. E gosta também de andar no chão, passeando, como se não soubesse voar. É muito delicado e não gosta de humilhar ninguém. Sabiá foge quando a gente chega perto. É claro que foge. Mas é tão devagarzinho como se estivesse pedindo desculpa.

Água. A água é a única pessoa que não precisa dizer pra ninguém que ela é boa. É isso aí, bicho. E acabou-se.

Ilusão. — O céu azul não existe. É uma ilusão — disse o tio João.

— Tá. — O céu azul no poço é um reflexo.

— Tá, tio, tá.

— É uma ilusão.

— Então a gente vive de ilusão, tio João?

— Não.

— Então tá.

Agapanto. Aquele fogo azul que saiu espinicado de repente no meio de folhas verdinhas, disse tio João que era agapanto. A-ga-pan-to! Nunca sei se gosto mais do jeito do agapanto ou do agapanto mesmo.

Formigueiro. Meu pé direito sumiu no ninho de lava-pé. O pé esquerdo saiu correndo tão depressa que não tive tempo de pensar. Minha mão que não sabia de nada deixou cair no barro o meu caju madurinho.

Arara. A arara subiu lá nas grimpas da casuarina quase caindo do arranha-céu. Apanhou aquela chuva gelada da madrugada. Depois ficou morrendo de medo pra descer e fez um escarcéu de frio e fome. Tirei a arara de lá com a mão cheia de sementes de girassol. A arara é uma arara.

Cachorros. Tenho três. Cachorras, aliás. Os nomes: Bobinha, Jacobina e Bambulina. Esta é filha da primeira. Nem precisava dizer. Os cachorros do vizinho são também mais ou menos nossos. Vice-versa. Tem um bravo que chama Garufa e tem um mansinho que chama Feroz Segundo.

Um caso. Tio João queria comprar pra mim um curió empalhado. Eu disse que empalhado não quero. Ele disse:

— Uai, eu pensava que você gostasse de passarinho.

— Gosto. Você, tio, ia querer que eu te desse uma mulher bonita empalhada?

Ode

Que venha a noite e decida a parada de nada.
Que venha e anoiteça as minhas esquinas exacerbadas.
Já não me diz a luz do dia.

Que venham as outras noites inesquecíveis,
apesar de perecíveis,
que anoiteçam tudo,
que façam,
que aconteçam.
Já não me diz o som do dia.
Que anoiteça o que reste
de som em mim
e eu me apreste
à luz do fim.
Já não me diz a flor do dia.

Que venha e me fale
e eu me cale
para que ela cresça
e eu desapareça.
Já me diz sim o não do dia.

Que venha
e me entretenha
como raízes cegas entre nesgas de pedra.
Já me esqueci do que seria.
Que a noite recolha os longes de mim
e seja aqui e agora enfim.

Desça.
Que retumbe a pedra
sobre a noite avessa
e eu não mais apareça. *

Manchete, 22/09/1973

---

* Publicado, com pequena alteração, sob o título "Ódio" em *Transumanas*.

27

O JARDIM MERGULHADO NA SOMBRA, OS FILHOS
DO PORTEIRO PROCURAM O OURO DO CÉU. ÚLTIMOS
ACORDES DO QUARTETO (E UMA NOTA SOBRE POETAS
NEGROS).

*Salmo: Georg Trakl (1887-1914)**

Há uma luz que o vento apagou.
Uma taberna de onde sai um bêbado ao meio-dia.
Uma vinha calcinada e enegrecida com buracos cheios de aranhas.
Há um quarto alvejado com nata de leite.
O louco morreu. Há uma ilha dos mares do sul
para acolher o deus sol. Repicar de tambores.
Os homens com suas danças guerreiras.

---

* A serviço do espaço de coluna, a publicação dessa tradução na *Manchete* não
observou a quebra dos versos.

As mulheres gingam as ancas — lianas e flores de fogo —
quando canta o mar. Ai! nosso paraíso perdido.

As ninfas se foram das orlas douradas dos bosques.
Enterra-se o estrangeiro. Começa a cair uma chuva reluzente.
O filho de Pã surge sob a forma de um trabalhador
que dorme ao meio-dia sobre o betume ardente.
Há meninas num pátio vestidas com uma pobreza de cortar
[o coração.
Há quartos cheios de acordes e sonatas.
Sombras que se enlaçam diante de um espelho cego.
Os que passam melhor se aquecem nas janelas do hospital.
No canal o vapor branco traz epidemias sangrentas.

A estranha irmã descansa sob as aveleiras.
Brinca ainda com estrelas de alguém e mora em seus pesadelos.
O estudante (talvez um sósia) olha para ela, enfiadamente,
com seu irmão morto atrás dele, ou desce a volta da velha escada.
À sombra das castanheiras empalidecem as silhuetas das noviças.
O jardim mergulhado na sombra. Morcegos esvoaçam no laustro.
Os filhos do porteiro param de brincar e procuram o ouro do céu.
Últimos acordes do quarteto. Corre a ceguinha a tremer pela
[alameda
e mais tarde sua sombra ladeia, tateando, os muros frios, envoltos
[nas histórias e lendas sagradas.

É um bote a leste o que traz à noite o negro canal.
Nas trevas do velho asilo tombam as ruínas humanas.
Os órfãos mortos jazem ao longo da mureta do jardim.
Quartos cinzentos atropelam anjos de asas maculadas.
Vermes lentamente gotejam de suas pálpebras amareladas.

A praça diante da igreja é sombria e silenciosa como nos dias da infância.

Sob solas prateadas passam vidas antigas.
As sombras dos condenados baixam aos poços suspirando.
No túmulo, o mágico branco brinca com seus répteis.

Deus abre no calvário seus olhos de ouro. E eles se calam.

*

Os poetas negros americanos Langston Hughes (em *Black Misery*) e Turner Brown Jr. (em *Black Is*) definiram os dramas da discriminação em poemetos concisos. Uma seleção dos mesmos:

Desgraça é quando começas a
brincar e alguém diz: uni, duni,
té, pega o negro pelo pé...

Negro é quando levas, de tão
lerdo e preguiçoso, seis dias
esfregando o chão.

Negro é saber pelo rádio que
não moras em tua casa como
pensavas mas na zona dos
cortiços.

Negro é não ter de estar triste
pra cantar tristezas.

Desgraça é quando descobres na
loja de Natal que Papai Noel é
um homem branco.

Negro é torcer pelos índios
contra John Wayne.

Desgraça é quando voltas da
praia orgulhoso e a turma nem
percebe que estás bronzeado.

Desgraça é quando o táxi não
para e tua mãe diz um palavrão.

Desgraça é quando vais ajudar
uma senhora idosa de cor branca
e ela pensa que estás tentando
arrancar-lhe a bolsa. *

Manchete, 09/02/1974

---

* Publicado, com alterações, sob o título "A desgraça em negro" (de L. Hughes e T. Brown Jr.) em *Trinca de copas* (1983).

28

DE MUSAS, DE POEMAS, DE TRAIÇÕES, DE RICOS
E POBRES, CATADOS EM FOLHAS SOLTAS. E AINDA:
DE COMO UM BOM HAMBÚRGUER É ESTRAGADO
PELO MOLHO DA COMUNICAÇÃO.

Prospectiva-retrospectiva: a bananeira, caso não planejasse seu desenvolvimento, acabaria sempre no quintal do vizinho; mas, depois de brotar pra frente, volta sobre sua ousadia e brota em casa.

*

De uns tempos pra cá, o girassol passou a sofrer influência de Van Gogh.

*

Deus faz brotar as pragas de jardim para dar ocupação (e importância!) às velhinhas.

*

Os goivos falam muito sobre as rosas.

*

Fototropismo até eu entendo. Mas me funde o ser pensante quando coloco um suporte a meio metro de distância, e a trepadeira na semana seguinte já está em cima.

*

Para a mais linda e robusta das musas, no seu primeiro ano de idade, com música de Luís Reis:

Se um dia,
ao ouvir este poeminha, Silvinha,
você sentir um arrepio,
não tenha cuidado,
não é resfriado,
sou eu, teu tio feiticeiro,
lá longe, no frio,
no país do Candeeiro,
pousado num fio,
telegrafando pra Silvinha
meia dúzia de beijos de andorinha. *

*

Prosador é quem sabe escrever somente poemas em prosa.

*

* Publicado, com alterações, sob o título "A musa de um ano", em *Transumanas*.

Não emendar textos antigos em novas edições é estar satisfeito com os mesmos.

*

A arte é uma rede de comunicações no tempo; há subestações de alta potência, Homero, Dante, Shakespeare, Bach, Goya... E há fiações, fusíveis, parafusos, isolantes: singelos e indispensáveis.

*

Um poema que chovesse
um poema que ventasse
um poema que crescesse
*um poema que solasse**

*

Quem jamais foi traído não sabe o que perdeu.

*

Na cidade escrevo a obrigação, o leite das crianças; no campo só escrevo o milk-shake.

*

O hambúrguer não estava grande coisa. Pudera! Que esperar de um prato de origem germânica, naturalizado norte-americano, preparado por uma anglo-escocesa, com o fito de agradar ao gosto de mineiros e cariocas, e à base duma receita francesa?! Comunicação demais atrapalha.

* Publicado com o título "Aspiração", em *Transumanas*.

*

"A lei, em sua majestosa igualdade, proíbe a ricos e pobres dormir debaixo de pontes, pedir esmolas nas ruas e furtar pão"* (Anatole France, travesseiro dos inocentes sabidos).

Um pequeno poema do irlandês William Butler Yeats:

Quando, tonta de sono, idosa, cinza,
ao pé do fogo, lê estes poemas,
devagar, a sonhar o meigo olhar
que tiveste, de sombras já vincado.

Quantos amaram tua graça alegre
e a beleza, de amor falso ou real;
mas um amou-te a alma peregrina
e os caminhos das mágoas de teu rosto.

Vergada sobre as achas fulgurantes,
murmura, meio triste, como Amor,
fugindo para os montes, escondeu
num turbilhão de estrelas sua face.**

E este pobre epitáfio de um poeta sem nome:

Se a treva fui, por pouco fui feliz.

---

* A frase está publicada, em poemeto, sob o título "Anatole", em *Transumanas*. É do livro O *lírio vermelho* (*Le Lys rouge*), do escritor francês.
** Na seção "De um caderno", Paulo Mendes Campos reproduziu a tradução deste poema feita por Bezerra de Freitas, bem diferente desta sua, cuja versão original está no caderno 22 de seu arquivo, sob a guarda do IMS.

Se acorrentou-me o corpo eu o quis.
Se Deus foi a doença, fui saúde.
Se Deus quis o meu bem, fiz o que pude.

Se a luz era invisível, me enganei.
Se eu era o só, o só então amei.
Se Deus era a mudez, ouvi alguém.
Se o tempo era o meu fim, fui muito além.

Se Deus era de pedra, em vão sofri.
Se o bem foi nada, o mal foi um momento.
Se fui sem ir nem ser, fiquei aqui.
Para que me reflitas e me fites
estas turvas pupilas de cimento:
se devo a vida à morte, estamos quites. *

Manchete, 04/05/1974

---

* A versão original está no caderno 22, de Paulo Mendes Campos, no IMS.
Publicado, com poucas alterações, sob o título "Epitáfio" em *Transumanas*.

DE UM CADERNO

1

1. A crítica é, por excelência, a atividade presuntiva do espírito. Diz Rupert Brooke, em um poema, que os amorosos falam em um breve minuto coisas que milhares de anos não seriam suficientes para pensar. Assim, a crítica (humana, literária, filosófica, política etc.). Ela tem a pressa do amor e, além disso, é mais ou menos desesperada: não há nada a dizer.

2. É vão pesquisar as "crenças" do poeta através de seus versos, ou, por outro lado, interpretar sua poesia através das convicções que ele pareceu professar fora da arte. O poeta não crê, o poeta não tem convicções, o poeta é incapaz de partido. Saber se Baudelaire foi ou não católico por meio de seus versos é insultar os seus versos. Na verdade, a arte parece procurar sempre uma obscura moral. Mas nisto é que justamente reside o mistério.

3. Há poetas que descrevem a face visível da lua. Outros, que preferem profetizar sobre a face oculta. A rigor, a poesia é uma reunião de palavras de tal forma que o "oculto" se retrata nelas.

4. Qualquer espírito humano um pouco mais elevado é fun-

damentalmente um "espírito de porco". Em outras palavras, a rebeldia é o instinto de conservação da inteligência. Na base do chamado impulso criador, por exemplo, há sempre o germe de um inconformismo sistemático. Essa capacidade de reagir, longe de ser condenável como força negativa, constitui, pelo contrário, o polo positivo da humanidade. São atos vitais, como diz Valéry. Atuam em nome de uma desordem construtiva.

5. A "inteligência" pertence ao autor: o "gênio" pertence à espécie humana. Shakespeare é apenas o porta-voz autorizado do gênio da humanidade. Confesso, entretanto, que eu também não entendo muito claramente o que acabo de dizer.

6. Os solitários são deformados, mal-educados, pedantes e majestosos.

7. A abstração é a força não contaminada do espírito, a sua força típica. O que é abstrato tem sempre dignidade. Por este motivo — sem entrar no terreno movediço da hierarquia artística — a música é mais digna do que a literatura.

8. Dois defeitos que devem ser conservados a todo custo: a bisbilhotice e a desobediência. A bisbilhotice nos fornece os fatos; a desobediência nos conduz às ideias.

9. De Anatole France, citado de memória: cheguei a uma idade em que me poupo a melancolia de ver mulheres bonitas. De um realista mais cínico: não tenho dinheiro suficiente para permanecer alegre entre mulheres bonitas.

10. Experimentei há algum tempo a satisfação de matar ratos em Copacabana, madrugada adentro. Com um companheiro bem-disposto, é um excelente esporte. Ademais, a "caça" deve purgar as nossas paixões assassinas. Aplaca em nós esta sede fúnebre que o Cristo, ao proscrever, denunciou a existência: não matarás.

11. No Brasil, quando um escritor escreve bem, diz-se que ele tem influência de Machado de Assis.

12. Dois conselhos ao jovem escritor: não tome nota de nada (Léon Daudet); tome nota de tudo (Max Jacob). Nada de extremismos. É difícil perseverar neles. Tomemos nota de alguma coisa.

13. Todos nós somos infinitamente mais ricos. Temos a possibilidade de muitos caminhos. Se os costumes, a nossa fatalidade unitária, o hábito e a moral nos impedem uma aventura por todos eles, o sonho salva da morte essa vida possível e empresta-lhe uma realidade poética. Somos várias hipóteses em um único corpo, inúmeras almas obscuras a rondar uma única alma consciente. O espaço proibido nos desola. E foi decerto para exprimir tal coisa que Rilke escreveu aquele verso misterioso: "basta que em uma janela uma mulher vacile, para que seja a que perdemos para sempre".*

14. A magia poética, frequente na poesia inglesa, é rara em outras literaturas. O mais das vezes, a mágica não passa de um truque hábil. Não há milagre.

15. Estilo temperamental: aquele em que a frase caminha entre associações exaltadas, estilo para quem todas *as* coisas são desafios, provocações irrecusáveis.

16. Vaidade de um asmático dado às letras: Marcel Proust também o era.

17. O escritor não é quem tem facilidade para escrever. Pelo contrário, é quem percebe a extrema dificuldade de escrever.

18. Veio mostrar-me, certa vez, um jovem poeta, estudante de medicina, um tratado de fisiologia moderna, onde se lia depois de uma complicada descrição dos movimentos cardíacos: "... mas estou quase a concluir com Fracastoro, que os movimen-

---

* Do poema de Rainer Maria Rilke "Il suffit que, sur un balcon", cuja primeira estrofe é: "*Il suffit que, sur un balcon/ où dans l'encadrement d'une fenêtre,/ une femme hésite..., pour être/ celle que nous perdons/ en l'ayant vue apparaître*".

tos do coração é coisa entendida apenas por Deus". Girolamo Fracastoro foi poeta, tendo escrito um poema sobre a sífilis, médico e astrônomo tendo vivido aí pelo século XVI. Foi sobretudo um servo humilde do Senhor, um Fracastoro de carne e osso, desses que não há mais. Para o estudante-poeta, a convicção lírica de Fracastoro foi um alívio: deixou o livro, foi conversar estrelas. Adianto, entre parênteses, que o moço passou nos exames. A alma de Fracastoro o ajudou.

19. Nada mais antipático do que o gênero aforismo. A síntese é uma pretensão que só perdoamos aos mortos. O que aí ficou, entretanto, não são propriamente aforismos... É um jeito de fazer crônicas de vez em quando.

Breno Acioli, um dos reconhecidos valores entre os escritores moços, acaba de ser contemplado com o prêmio Graça Aranha, de 1945. Realmente, *João Urso* constitui uma excelente coletânea de contos.

A face de Marta é um livro de contos publicado agora pela Livraria Cultura Brasileira, e de autoria de Milton Pedrosa, jovem escritor pernambucano que reside em Belo Horizonte.

A José Olympio lançou a esperada novela de Julieta Drummond de Andrade, *A busca*. A estreia da jovem escritora vem precedida de um curioso prefácio de Aníbal Machado.

Coluna "Semana Literária", *Diário Carioca*, 01/12/1946

2

1. Segundo Lacordaire,* antes da palavra, o homem se comunicava com a companheira por meio de uma radiação — raio
adâmico —, coisa que se perdeu com a queda. Comenta Alfonso
Reyes** que aquela capacidade de transmissão imediata do pensamento foi atrofiada pelo uso da linguagem, restando hoje ao
homem como telepatia. Não costumam os namorados dizer que
o silêncio lhes exprime os sentimentos em um tom mais eloquen-
te do que as palavras?

2. Uma das muralhas entre as classes é a linguagem. Ao
nosso operário não lhes resta senão procurar fugir ao arrazoado
pomposo de um patrão ou de uma autoridade burocrática, vendo
entre ele e os seus direitos um mundo intransponível de termos
complicados. Em outras palavras, a liberdade de pensamento é
útil apenas para as pessoas que sabem exprimi-lo.

* Henri Lacordaire (1802-61), religioso dominicano francês.
** Alfonso Reyes (1889-1959), embaixador e poeta mexicano que representou
seu país no Brasil de 1930 a 1936 e ligou-se aos intelectuais cariocas da década.

3. Sobre o antropomorfismo poético: é realmente prodigioso que em um poema comunguem vários homens, sem abdicação de personalidade, cada um sentindo e compreendendo a seu modo uma única ordem de palavras harmoniosas.

4. O monólogo é ainda uma forma de discussão. Não existe solilóquio puro. Quando penso: "isto é uma árvore", estou, de um certo modo, discutindo, respondendo a uma provocação causada por uma coisa que eu chamo de árvore. A poesia é o desenvolvimento contínuo dessas provocações. Ela é sempre interjetiva, porque a suprema originalidade continua sendo a existência do homem e as coisas do mundo.

5. *In vino veritas.** Jamais pude comprovar a autenticidade disto. Nas muitas vezes que os meus amigos se excederam, observei o contrário: mascarados de confidentes ou de desabusados, mentiam com mais habilidade do que nunca. Mentiam de um modo artístico, se assim posso dizer. Lembro-me de Rémy de Gourmont, que identificava a linguagem com a mentira e para quem o artista é aquele que mente de um modo *superior*, acima dos outros homens.

6. Reflexão de um tímido: é preciso aprender o inglês para ficar calado sem humilhação em uma roda em que se fale esta língua.

7. Somente agora soube que ele entregou a alma a Deus, há alguns meses, em uma cidade do Sul, a mesma pela qual aportara a este mundo transitório. Chamava-se Lourenço de Figueiredo e era alto e enfermiço. Nós, entretanto, lhe pespegávamos ao nome de batismo um "o Magnífico", um pouco por galhofa, um pouco pela ternura que se tem aos espíritos desmantelados, e talvez também um bocado porque lhe restasse a possibilidade de ser verdadeiramente magnífico. De insofismavelmente mag-

---

* A verdade está no vinho.

nífico, aliás, tinha o nariz, um estupendo nariz, grego pela perfeição de suas linhas, mas de um helenismo arrependido, tardiamente resolvido a ser arábico. Entre o paganismo ático e o misticismo muçulmano, brilhava o nariz de Lourenço, a que nem mesmo faltava o fremir inquieto das narinas mediterrâneas. Era um nariz misto, mas perfeito. Por trás desse fabuloso apêndice nasal, sentinela avançado de sua personalidade, a figura do magnífico se não era desprezível não chegava a espantar. O que espantava em Lourenço era a insolência, a petulância. Ele chegara à nossa roda da mesma maneira como iria sair algum tempo depois, isto é, daquele modo misterioso que sempre agrava as três perguntas da eterna perplexidade humana: Quem és tu? De onde vens? Para onde vais?

8. Neste mundo técnico e científico, confuso e pretensioso quando. E, me disse que o único problema era o da salvação da alma, estava seguramente iluminado. Somente o gênio da infância é capaz de igual simplicidade.

9. Regra: experimentar as ideias de cabeça para baixo. Algumas ficam na posição correta. Outra regra: fazer perguntas indiscretas, e não há mais indiscretas do que aquelas que pedem a definição das coisas aparentemente sabidas. Que é poesia? Que é o amor? Que é a consciência de si mesmo? Etc. etc.

10. Certos momentos em que se torna custoso despedir-se das pessoas, ainda que elas não nos sejam muito caras. Num romance inglês há uma personagem, uma senhora milionária que fazia todas as artes no sentido de impedir que os seus hóspedes se recolhessem ao leito. Ela era movida a esse gesto pela esperança insidiosa de que, de uma hora para outra, uma daquelas pessoas poderia dizer-lhe uma palavra definitiva, a palavra-chave do seu destino. Também Marcel Proust sofreu desse medo específico. Vinha de uma festa, levava um amigo, ficava largos momen-

tos a conversar diante da casa deste, seguia com ele até a própria casa, conversava mais um pouco, retornava...

Joaquim,* uma revista paranaense que vem vendendo, apresenta-nos mais um número, tão cuidado como os anteriores.

Mecânica do azul, o livro de estreia do poeta Wilson Figueiredo, apresentado aos leitores com um estudo consciencioso de Tristão de Athayde, vem sendo reconhecido como uma das novas afirmações da poesia entre os moços.

Depois da grande iniciativa de *A comédia humana*, a Livraria do Globo nos promete traduzir por meio de Mario Quintana a obra cíclica de Marcel Proust, cuja importância em nossa época, aliás, é frequentemente comparada à de Balzac em seu tempo.

Flaubert volta de seu túmulo a irritar os moralistas, segundo se deduz das palavras proferidas pela presidência do Conselho italiano, ao qualificar de "obscena e pornográfica" a grande obra do autor de *Madame Bovary*.

Lucy Teixeira,** uma excepcional escritora maranhense, tem preparado o seu volume de estreia, uma coleção de contos

---

* Revista mensal de arte, publicada entre abril de 1946 e dezembro de 1948, em Curitiba.
** Lucy Teixeira (1922-2007). O livro de contos *No tempo dos alamares e outros sortilégios* seria lançado em 1999. Antes disso, a autora publicou dois livros de poesia: *Elegia fundamental* (1962) e *Primeiro palimpsesto* (1978).

que deverá proporcionar à sua autora o renome de que até agora procurou esquivar-se.

De Jacques do Prado Brandão é o livro de poesias há muito esperado e agora prometido para breve: *Vocabulário noturno.**

Coluna "Semana Literária", *Diário Carioca*, 12/01/1947

---

* *Vocabulário noturno (1942-1945)* seria publicado em 1947 pela editora Edifício, de Belo Horizonte.

3

Lida a biografia de Gide por Klaus Mann. Lida com curiosidade e sofreguidão. O filho de Thomas Mann depois dessa leitura, entretanto, continua para nós apenas um filho de Thomas Mann. Seu livro não é um bom estudo nem biográfico nem psicológico e, muito menos, apresenta alguma importância com relação à crise do pensamento contemporâneo, da qual o biografado representa um dos homens do leme. Bonzinho, eis o que exprime o valor real do volume de trezentas páginas que o mais moço dos escritores Mann escreveu sobre André Gide. Na verdade, não há nenhum deslize sério, nenhuma interpretação generosamente fracassada, nenhuma aventura de inteligência percorre o livro. Klaus Mann parece um velho, um velho de aceitável bom gosto, honesto, conhecedor da técnica literária, bem informado sobre os problemas do homem e do nosso tempo. Tudo isso, enfim, que é comum em qualquer europeu de talento mediano e que apresenta um enorme esforço para o intelectual brasileiro, mesmo para os de talento mais agudo.

O equilíbrio que Klaus Mann mantém do princípio ao fim é admiravelmente medíocre. Nada, porém, ficamos sabendo de novo sobre Gide. O autor não julga propriamente André Gide. Quando muito, num prefácio tímido, consente numa aceitação global do biografado. Durante todas as outras páginas seguintes se entrega a uma não participação irritante, inútil. Medo assim, diante de um Gide, aceitação dessa maneira é intolerável. Não é um livro desse que gostamos de ler sobre o criador de Alissa.* Preferiríamos uma defesa mais consciente e mais sábia ou, então, um combate apaixonado à Henri Massis.** Não julgar — lembro- -me — é o próprio Gide que recorda esse preceito evangélico. Entretanto, como deixar de julgar se a esperança dos homens está em jogo? Julgar sempre, preferimos, ainda que não seja em nome de um credo, e apenas em nome da nossa diversidade, da nossa insegurança, da nossa incerteza.

Gostamos dos livros apaixonados. Eles nos parecem mais úteis do que a compreensão fria. Foi justamente a paixão colocada em suas obras que nos fez um dia aproximar de André Gide, sedentos de compreensão, esperar que dele nos viesse um pouco de consolo em forma de uma convicção, desesperada que fosse. É isso também que nos faz agora frios perante o livro de Klaus Mann.

Muitos moços como eu se ligaram tanto às verdades e mentiras gidianas, às suas revisões fabulosas e às suas deformações abismantes, que devemos nos sentir todos incapacitados de falar delas sem evocar uma história íntima de alegria e decepções.

---

* Personagem do romance *La Porte étroite* [A porta estreita], do escritor francês André Gide, publicado em 1909.
** Henri Massis (1886-1970), crítico literário e ensaísta político francês amante de polêmicas, ligado à extrema direita.

André Gide para os moços é um assunto pessoal. Quantas moedas falsas recebemos!* Hoje estamos confusos. Não sabemos mais o que fazer de um antigo ídolo como André Gide. Ele era o nosso guia. A malícia do tempo ensinou-nos que nós o guiamos, que o coração da juventude é que dirige a inteligência de Gide.

Por minha parte, sou um aliado da minha própria confusão, tomei o partido dos seus erros, não me responsabilizo pelos descaminhos a que me levar o meu inconformismo. Procuro e sou um homem confuso. Não podem exigir de nós mais do que a vontade de crer. É em nome da nossa desorientação que devemos continuar falando, testemunhando.

Nesse sentido, procuramos um auxílio no livro de Klaus Mann. Gide bem que serviria para essa busca de uma verdade além de Gide. Mas o jovem Mann, filho de uma cultura avançadíssima, não conseguiu em trezentas páginas fixar o seu depoimento. Klaus Mann decepciona. No plano literário o livro tem a qualidade de fornecer um resumo lúcido de toda a evolução por que passou André Gide; aos que não quiserem ler os quatro volumes do diário do próprio Gide. A célebre diversidade gidiana é bem situada pelo autor. Apenas, diga-se de passagem, Gide não é afinal tão diferente de si mesmo quanto pretende ou gostaria de parecer. Seu valor e sua originalidade estão muito menos nessa complexidade do que na inteligência com que desejou e soube explorá-la, ampliá-la através de um refinado virtuosismo. Particularmente, preferimos Montaigne mesmo. Entre Gide amigo e discípulo de Wilde, o Gide comunista e o Gide anticomunista não chega a existir um abismo. Isso, entretanto, é uma longa história. Concordamos que não é de-

---

* Alusão ao romance de Gide *Os falsos moedeiros* [*Les Faux Monnayeurs*], publicado em 1925. Figura entre os melhores romances do século xx.

cente compreender André Gide tão depressa. Ele, na verdade, usa de vez em quando algumas máscaras; mas é um sujeito realmente espantoso.

Coluna "Semana Literária", *Diário Carioca*, 30/03/1947

4

1. Observa Ribot (*Les Maladies de la personalité*) que o nosso eu é formado de tendências contraditórias: virtudes e vícios, modéstia e orgulho, avareza e prodigalidade etc. O caso chamado normal constitui o equilíbrio dessas tendências opostas, havendo, entretanto, casos de verdadeiras hipertrofias de um grupo, com subsequente atrofia do grupo oposto. Esse estado anormal pode não ser permanente e alterar-se com períodos de equilíbrio. Essa noção psicológica primária é indispensável à compreensão da personalidade de Baudelaire. Nela comprovamos um perene conflito de forças antagônicas.

2. A insistência de revelar Baudelaire por meio de uma ambivalência entre a virtude e o vício explica-se não só pela facilidade que os "dualismos" trazem ao comentador, como também porque o próprio Baudelaire autoriza tal interpretação. Nisso, como em outras coisas, ele precede os seus críticos. Filho de um pai sexagenário e de uma mulher que contava menos de trinta anos, Baudelaire chamava a si mesmo um produto contraditório. Nos seus versos e nas suas anotações íntimas, frequentemente,

deixou ele expressa a consciência dos postulados simultâneos que o levavam a Deus e ao demônio.

3. Baudelaire foi certamente um caso de *trouble de la personnalité*, de dissociação exaustiva e dolorosa do indivíduo, palavra esta que, etimologicamente, significa o que não se divide e que na sua realidade psicológica não representa mais do que a relativa unidade sustentada pelo homem.

4. Alexandre Ourosof revelou pela primeira vez que *badelaire* ou *baudelaire*, em francês antigo, era uma espada curta de dois gumes.

5. É ainda Ribot* que assinala a frequência de alterações da personalidade nos citados de hipocondria e de melancolia sob todas as suas formas. Baudelaire sofria patologicamente de tristeza. Desde os dezoito anos que, em carta à sua mãe, ele confessa não existir para si senão *indolence, maussaderie, ennui*. Em outra carta ele lamenta: "Ah! *Que je suis dégoûté, depuis bien des années déjà, de cette nécessité de vivre vingt-quatre heures tous les jours! Quand vivrai-je avec plaisir?*". E ainda em outra carta: "O que sinto é um imenso desencorajamento, uma sensação de isolamento insuportável, uma desconfiança completa de minhas forças, uma impossibilidade de encontrar qualquer diversão".

6. Dizia Platão que as virtudes eram paixões purificadas. O pecado será talvez uma virtude doente, uma virtude triste. Entre tédio e luxúria há uma interdependência insaciável.

7. Madame Sabatier era uma viúva rica que atraía aos seus jantares os artistas e literatos de sua época. Frequentador algo taciturno desses saraus, Baudelaire se apaixonou pela bonita senhora. Enviava-lhe versos, sem confessar a própria identidade. Descoberto, renovou os seus sentimentos em uma carta. A jovem

---

* Théodule-Armand Ribot (1839-1916), psicólogo francês.

viúva correspondeu. Deu-se, então, o irremediável e, aparentemente, inexplicável drama. Baudelaire recusou-se a destruir o seu "sonho". *"Il ya a quelque jours* — escreveu ele — *tu étais une divinité, ce qui est si commode, ce qui est si beau, si inviolable. Te voilá femme maintenant.*" Madame Sabatier — é lógico — não gostou. Eu odeio a paixão, escreveu ainda ele num fanfarronismo patético, porque a conheço em toda a sua ignomínia. Depois, enviando "L'Aube spirituelle"* à decepcionada senhora, o poeta escreveu apenas esse bilhete em inglês: *"After a night of pleasure and desolation, all my soul belongs to you…"*** Baudelaire jamais conseguiu harmonizar instinto e sentimento.

8. A ideia de beleza associada ao amor vem desde a Antiguidade. Para Platão, o amor era o desejo de engendrar a beleza. Entretanto, os teóricos se viram obrigados a rever esse conceito ou a fazer-lhe restrições. Lalo*** estuda objetivamente o assunto em *La Beauté et l'instinct sexuel* operando uma *réhabilitation de la laideur.***** "A beleza — diz ele — não é talvez o mais curto e o mais ativo dos filtros do amor. Há na verdade outros mais íntimos e mais mágicos." Citando são João Crisóstomo, nos põe a par desse trecho incisivo: "muitos homens que frequentaram muitas mulheres belas entregaram-se às mulheres mais feias; donde se conclui, evidentemente, que o amor não se prende à beleza". Já Stendhal fala que quando se chega a amar a fealdade é que a fealdade é a beleza.

Compreenderemos melhor os versos:

* Poema de "Spleen et ideal", de *Les Fleurs du mal*.
** "Depois de uma noite de prazer e desolação, toda a minha alma pertence a você…"
*** Charles Lalo (1877-1953), escritor francês.
**** Reabilitação da fealdade.

Une nuit que j'étais près d'une affreuse Juive,
Comme au long d'un cadavre, un cadavre étendu,
Je me pris à songer près de ce corps vendu
À la triste beauté dont mon désir se prive. *

Em matéria de amor, Baudelaire foi absolutamente fracassado: Madame Sabatier, Jeanne Duval, horríveis judias, anãs e gigantas... A carne e o espírito o perdiam. Todo amor para ele era prostituição. Gautier conta que Baudelaire admitia a perversidade original como um elemento encontrado sempre no fundo das almas, as mais puras, "perversidade que leva o homem a fazer o que é funesto", a desobedecer, porque na desobediência estão toda a sensualidade e todo o encanto.

Coluna "Semana Literária", *Diário Carioca*, 20/04/1947

* "Une nuit...": poema de "Spleen et idéal", em *Les Fleurs du mal*.

5 *

No fim de cinco meses M. Joseph se convencera de que eu era um literato. Menos, talvez, pelos meus livros do que pela minha incapacidade de adquirir hábitos. Rigorosamente, não se poderia chamar aquilo de pensão, era uma casa junto do mar, vivificada pela presença marinha, personalizada pelo oceano. O Atlântico era nosso. Diante dele a casa, sem maiores encantos do que a sedução das coisas velhas, tornava-se quase senhorial. O mar adjetivava nossa simplicidade, transmitia-nos seu mistério, sua elegância, sua grandeza. Vivíamos espiritualmente dele, da mesma maneira que outros ganham a vida com suas riquezas materiais. Não tínhamos o ar de pensionistas; ali perto das ondas, parecíamos lobos do mar, falhados em nossas maquinações de aventura, mas conservando dos temerários sonhos a nostalgia que

---

* No recorte de jornal conservado em seu arquivo, Paulo Mendes Campos anotou: "Ed. Miraí". Do final de 1945 ao início de 1946, meses depois de se mudar para o Rio, ele morou no décimo andar desse edifício, que fica na avenida Nossa Senhora de Copacabana, 787.

dignifica. Aliás, somente a paixão do mar justificava a presença de hóspedes naquela casa tão longe e tão sem conforto. Justamente por isto, porque nos sacrificávamos pelo objeto de nosso amor, ocultávamos uns aos outros nosso segredo.

*

A morena ganhou outra vez. A loura estava sem sorte. Ele, entre as duas, sorria generoso e feliz distribuindo equitativamente entre ambas suas amabilidades, seus achados felizes, suas fichas. Simultaneamente perfeito. A loura era linda, tinha um ar de casa de campo. A morena era feia, gorducha e sardenta. Os olhos, entretanto, eram bonitos e buliçosos.

Informou-me um amigo comum que a morena era inteligente e sensível, em grau quase excessivo. Lúcida e culta como ela só. Era a enciclopédia britânica numa cabeça desagradavelmente longa. Ele a cultivava em razão desses argumentos espirituais. A loura não. A loura era a cartilha primária numa encadernação luxuosa. Ele um pouco mais do que amigo das duas, um pouco menos do que namorado jamais se decidira a solucionar o impasse. Por quê? — perguntei. Por achar que as coisas que nasciam ambíguas e oblíquas guardavam um encanto que a gente não pode violentar sem cometer um crime contra os misteriozinhos da vida. Não dava um passo para sanar qualquer indefinição, ainda que isso atormentasse as almas de criaturinhas tão frágeis. Era um diletante da dúvida.

Na verdade, continuou a informar-me o amigo comum, ele já se declarara a todas as duas. A loura, numa noite de um uisquezinho mais exagerado. E numa tarde, entre concepções aristotélicas e investidas à escolástica, deixara na alma filosófica da morena uma esperança menos platônica — declaração implícita.

No dia seguinte, arrepiou caminho, retornando às nuanças. Era melhor.

*

Desta janela não se pode ver uma longa extensão da praia. No vão existente entre dois blocos de edifícios, resta apenas uma pequena faixa de areia, e, além dela, uma faixa de mar até a linha do horizonte. Isto porém nos basta. Todas as emoções oceânicas cabem neste pedaço de mar e a ventura diária da praia cabe neste pedaço de areia, encantado tapete que se povoa ou permanece vazio de acordo com as condições atmosféricas. Temos um resumo do mar. O movimento das vagas é versátil e assim não sofremos o desejo de ir observá-lo em outra parte. Se há pessoas na praia, sabemos que para a direita e para a esquerda é a mesma coisa, a paisagem se repete em quadrinhos seccionáveis como desenho de um rodapé. Cruzam os navios entre os dois paredões e a nossa emoção é breve e inquieta. As gaivotas não nos evitam e, uma ou outra vez, os pescadores vêm jogar o arrastão em nossa praia — nossa porque à força de amá-la insinuou-se em nós o sentimento de propriedade.

Nada nos falta, nem mesmo a experiência de um afogado, cujo cadáver uma tarde veio dar à nossa praia... Nesse dia descemos para espiar de perto. Era um rapazinho, quase uma criança, e foi horrível olhar seu rosto meio comido de peixe. Quando deitaram o defunto na areia seca, o mar ainda quis reaver sua vítima, espichou-se até lhe tocar a planta dos pés retornando depois depressa, envergonhado. Aquela noite, pela primeira vez, odiamos o mar e o sono custou porque o troar das ondas enervava.

O mar é sempre uma explicação pessoal. Entretanto, nossos sentimentos não têm maior importância e o que interessa realmente são as reações de Scooky. Scooky é o menino, filho dos vizinhos; um casal de americanos. Não tem a cara sardenta e muito menos a lerdeza contemplativa de seu compatriota Butch Jenkins.* Seu rosto é liso feito marmelo. Seus olhos, ariscos como um par de coelhinhos, não deixam dúvidas acerca do trabalho que se terá para transformar esse peralta, útil apenas a si mesmo, num cidadão ianque, útil à sociedade.

É meu amigo o Scooky. Da cozinha de seu apartamento, ele espia no meu quarto. Estou escrevendo uma carta e finjo que não o vi. A mãe lhe proibiu de incomodar-me quando eu estivesse trabalhando. Ele, menos por obediência do que por temor de desagradar-me, fica de tocaia, aguardando que eu levante os olhos do papel e o enxergue. Aí, falará comigo, porque, a seu ver, já não estarei mais trabalhando, não tendo o direito de aborrecer-me. Não é que ele me respeite assim... Estivesse chuvosa a manhã e ele estaria lá a insultar-me entre risadas. O dia, entretanto, está bonito, e Scooky a tudo se submete para arranjar alguém que o leve para a praia. Apenas para isto é que aprendeu as virtudes adultas da paciência e do respeito à liberdade alheia.

Todas as vezes que posso, e algumas em que não posso, vou ao banho de mar com Scooky. Ele vem buscar-me em casa, faz perguntas e pede nozes. Não tendo nozes dou-lhe passas; implicou com um quadro a óleo que existe na parede — uma cigana de olhar antipático — e quer saber se é o retrato da minha mulher.** Digo-lhe que é, e ele se propõe a matá-la, que Scooky,

---

* Jack Dudley Jenkins (1937-2001) estreou no cinema aos seis anos de idade ao lado de Mickey Rooney em *The Human Comedy* (1943).

** Em carta a Otto Lara Resende de 1º de dezembro de 1945, inédita até hoje, Paulo Mendes Campos se refere a essa pintura ao descrever o quarto onde mora no Edifício Miraí, em Copacabana: "Enquanto espero, vou te contar como é o meu quarto: alto e espaçoso; cama também espaçosa; janelas pródigas com cortinas azuis; cobrindo o chão, um vasto tapete que me faz sentir felino quando passeio para lá e para cá; numa das paredes, há um quadro horrível,

tendo vivido num ambiente de guerra, não se separa de seu fuzil-metralhadora. Concordo em que ele a mate. Scooky, depois de cientificar-se de que estou falando sério, faz a pontaria e atira: *your wife is dead now*, Paul. Agradeço-lhe e o levo para a praia. Aí Scooky se transfigura. Não sei por que o mar lhe dá vontade de berrar alegremente. Não tem medo das ondas e é um custo convencê-lo sobre a necessidade de descansar um pouco. Seu amor pelo mar me intriga. Procuro entender, sem grande sucesso. Observei, antes de tudo, que o amor de Scooky pelo oceano é um sentimento simples, não complexo como o nosso. Diante do mar, ele se porta como se fosse diante de um bicho engraçado e bom da gente alisar, um porquinho-da-índia, por exemplo. Em seguida, olho a paisagem da retaguarda, onde nós moramos, e compreendo mais um pouco. Eu e Scooky estamos separados da natureza. O asfalto isolou-nos da terra, a civilização privou-nos de árvores verdadeiras, as posturas municipais nos proíbem bichos. Não temos um cão, nem mesmo um passarinho. Na minha idade é compreensível que não se tenham pássaros, mas na idade de Scooky é lastimável, coitado. Como diz Leopardi, *sono gli uccelli naturalmente le più liete creature del mondo.*[*] Sem passarinhos nossa alma fica triste, e da tristeza morreria se o mar não existisse vivo e contente para consolo dos que moram numa cidade de cimento e metal. É o nosso bicho.

Coluna "Semana Literária", *Diário Carioca*, 20/07/1947.

---

uma cigana com um pandeiro e o céu atrás; [...]". A carta, portanto, complementa este trecho da crônica.

[*] "Os passarinhos são, naturalmente, as criaturas mais alegres do mundo." De "Elogio degli uccelli", do italiano Giacomo Leopardi (1798-1837).

6

Pelo que tenho lido e ouvido, os escritores maduros não veem com entusiasmo a jovem poesia brasileira. Negam-lhe força e originalidade, negam-lhe, antes de tudo, a existência como realidade coletiva.

É justo? Precisamos de muito discernimento. Nessas paragens, o mais provável é a tolice de todos. Estamos no âmago da monótona questão de gerações, e tanto os iniciantes como os iniciados da arte de escrever não deverão dizer muita coisa judiciosa a respeito dos valores literários e morais que os distingam. Emitir conceitos inseguros sobre a geração que nos precede ou que se segue a nós é mais do que um direito de todo literato, é quase um dever. Devemos apenas advertir que, nesta matéria, o razoável é que se erre com certa lógica, com certo conhecimento, e não, como vemos em geral, erros sem lucidez, sem coisa alguma que os justifique além da tentação biológica que o escritor tem de escrever.

Quando dizem que a poesia dos moços não tem "nada de novo", o melhor que o jovem pode fazer é sorrir, sorrir um sorriso cordial e acima da vaidade dos homens. No mínimo, a poesia moça está com a razão; pode não ser melhor, mas está com a razão. Basta isto para que se continue de espírito tranquilo.

*

Às vezes, o telefonema era de madrugada. Era ela. Ele não se aborrecia, embora dormir não lhe fosse coisa muito fácil. Os pés tateavam o chão em busca das chinelas. Não as encontrava. Descia, então, descalço, sem nervosismo, pacientíssimo. A lua batendo na copa punha nos cristais um brilho amarelado que o comovia, e era bela a silhueta de três mamoeiros enormes no muro do quintal. Conhecia os mínimos segredos da casa, e nunca acendia a luz. Era um noturno. Deslizava entre os móveis com a naturalidade displicente de um fantasma.

— Alô!

— Sou eu, Gumercindinho.

— Eu sabia, minha filha.

— Estou com medo.

— Espere aí, que vou ligar.

Procurava Nova York, porque Nova York era longe. Depois, meio copo de água, meio copo de uísque, acendia o cigarro, acomodava-se na poltrona, espichava as pernas com um suspiro.

— Pronto, minha filha. Que que há?

*

Muito tenho me aplicado para ser um homem relativamente agrícola, mas a verdade é que do campo eu só entendo mesmo a paisagem. Com esta convicção voltei do sítio de um amigo, onde passei um comprido fim de semana. Não sirvo para pegar cavalo no pasto, não compreendo os segredos das hortaliças, não sei como se combatem pragas da laranja. Gosto *é* de deitar na rede molenga vendo os urubus avoando, avoando, os bois que comem o morro quase vertical. Fico meio bobo na roça, sorumbático. Não é tristeza, é uma preguiça vegetal que me faz eficiente ao contrário, a banzar à toa. De repente, como se saísse de um túnel, dou um berro, e alguém pergunta se estou doido. Não estou, não. Gritei porque é bom gritar de vez em quando, porque o eco é sempre um consolo para quem grita.

Disseram-me que detesto o campo. Pouco sutil, entretanto, foi a observação. De fato, minha atividade na roça não é produtiva, mas é uma atividade essencialmente campestre. Reparem nas minhas mãos, na minha roupa, na minha cara: estão sujas de terra, e na cidade nunca tenho oportunidade de lambuzar-me desta terra de que eu gosto. Se me olhassem durante algum tempo, veriam também que de vez em quando apanho no chão uma pedra roliça e a lanço com toda força para o lado do rio. Há neste gesto três prazeres campestres para mim: o de ver se bato o meu recorde da pedrada anterior, o de ouvir a pedra fazer tibum dentro d'água, e o prazer de jogar pedra, tout court. Na cidade existe o mar, mas não há pedras. Reparem no vinho que bebo: quando teria eu coragem para beber esse veneno na cidade?

Eu amo o campo. É preciso ter cuidado com conclusões precipitadas. Por exemplo: não faço nenhuma questão do privilégio de dar milho às galinhas, entretanto — e aqui ponho uma pausa para que pensemos no inexpugnável mistério das afinidades humanas — corro na frente de todo mundo para ser o primeiro a estender aos coelhos folhas frescas de couve-flor.

Estou me tornando medíocre? Ou amadurecendo?

Coluna "Semana Literária", *Diário Carioca*, 31/08/1947

7

Não sei por que desígnio obscuro tenho pavor de lagartixa. Eu que me distingo pelo destemor com que trato as baratas, diante da lagartixa perco todo o meu valor moral. Está acima de minhas forças. Sinto nojo e medo, e acabei odiando sinceramente a família dos geconídeos. A raiva me vinha da incapacidade de matar esses bichinhos porque à vista de um deles, nervoso e vergonhosamente pálido, empreendia a fuga. Ainda outro dia vi um menino de três anos brincar com um, dos menorzinhos por sinal, para mim era como se a criança estivesse a mexer com um crocodilo.

Ultimamente, minha casa passou também a ser a casa de três enormes lagartixinhas. Para meu temperamento não consigo imaginar hóspedes mais incômodos. Duas delas fixaram residência na sala e a terceira preferiu a cozinha. Era um deus me acuda, ia acendendo a luz da sala, e me assustava com elas, pouco me faltando para dar um grito, o que me desmoralizaria. Ontem, finalmente, liquidei duas. A primeira foi mais difícil. Antes de tudo, fitei-a longamente a fim de convencer-me de minha superioridade física e moral. Depois, armado de cabo de vassouras aproximei-me cautelosamente, enquanto me olhava com um ar de quem duvida de minhas reais intenções. "Não é possível" — pensou — "que esse sujeito vai me dar uma paulada." Como continuei avançando, ela se moveu um pouco, mas, pejando-se talvez de sua covardia, refletiu estupidamente: "Se não fiz mal a esse homem, se minha consciência está em paz, não preciso temer coisa nenhuma". Esse nobre raciocínio custou-lhe o rabo, porque o golpe, na insegurança da emoção, desviou-se uns quatro centímetros do alvo. Enquanto o rabo estertorava no chão, ela esquivou-se pela parede, ocultando-se por detrás de um móvel. Os pulos do rabo, isolado do corpo a que servia, me acabrunhavam um pouco. Senti por um momento que minha coragem acabava. Agora, entretanto, o problema era outro: tratava-se de livrar a lagartixa de continuar existindo aleijada. De que vale uma lagartixa sem rabo? De que vale um rabo sem lagartixa? Afastei o móvel e desferi o segundo golpe, com tanta infelicidade, porém, que ela ficou descadeirada, e tonta, sem noção do perigo, pôs-se a arrastar penosamente pelo rodapé. Com a terceira paulada, ela estrebuchou, virando-se de barriga para cima. Julguei-a morta e descansei um pouco da peleja. Ao remover o cadáver, entretanto, fui surpreendido por um salto que a colocou de novo, toda estragada, na posição correta. Um frio correu-me pela espinha. Mais uma vez senti o desfalecimento do meu valor. Mas a essa altura não me permitia fraquezas dessa espécie: o tiro de misericórida teria matado um gambá.

O assassinato da segunda, como já disse, foi mais simples. Menos emocionado e mais experiente, desferi apenas dois golpes, certeiros e fatais.

Depois de escrever essas linhas, informaram-me de duas coisas: primeiro, que lagartixa dá sorte; segundo, que, perdido o rabo, cresce-lhe outro. É tarde. É muito tarde. Quanto ao rabo, retifico: uma lagartixa sem rabo vale uma lagartixa. Quanto à sorte, devo dizer que, tenho me libertado do medo, essas duas lagartixas se sacrificaram por suas irmãs, o que é belo e humano. A última das lagartixas, a da cozinha, deve estar agradecida ao sacrifício de suas companheiras. Entrará em entendimento com o inimigo: ela me dará sorte, e eu lhe pouparei a vida.

***

Conversava-se numa roda de intelectuais e atores de teatro sobre a possibilidade de nova guerra. Alguns, pacíficos, não acreditavam: outros, belicosos, garantiam que o conflito estouraria ainda este ano. Todos, entretanto, com a única exceção de Alvarozinho, concordavam que uma nova luta armada seria uma catástrofe, e teciam inúmeras considerações a respeito. Alvarozinho ficou calado. Seu mundo é muito mais delicado do que a guerra e muito menos sério do que a paz. Seu sonho é representar a *Salomé** de Wilde. Quando os comentários serenaram, Alvarozinho manifestou sua própria opinião:

— Se houver guerra, eu vou para Petrópolis.

***

O sobrenatural é um ponto de vista. Viajava outro dia de automóvel, perto de uma meia dúzia de *jeeps* apinhados de praças do Exército. A certa altura do caminho, um velhinho descalço e esfarrapado, à vista dos *jeeps*, dos fuzis e da farda, largou sua enxada, e tirando o chapéu colocou-o sobre o coração, numa atitude que era mais do que respeito e veneração. Ele saudava emocionado o desconhecido.

---

* A estreia de *Salomé*, peça do irlandês Oscar Wilde com a atriz Sarah Bernhardt como protagonista, foi em Paris (1896), depois de ser proibida em Londres (1892), sob a alegação de que incluía personagens bíblicos.

***

Para evitar o remorso de não estar lendo e escrevendo, só conheço uma fórmula: firmar sinceramente o propósito de nunca mais ler ou escrever.

O autor cômico apela para sentimentos mais inconfessáveis do que o faz o autor trágico. Sem nosso egoísmo profundo, não haveria comicidade. "Suspensão voluntária da simpatia" — diz Bergson.

***

As atitudes morais, como saberemos ao certo quais entre elas representam uma aspiração nossa, íntima, verdadeira? Suponhamos... Um funcionário recebe uma ordem qualquer de seu chefe que ele resolve não cumprir. Naturalmente, com a revolta a personalidade do funcionário se afirma; ele passa de súbito a participar do que há de mais essencial na natureza humana: a desobediência, força que construiu o homem e o mundo, isto é, o progresso moral e o progresso material. Desobediente, o funcionário adquire configuração humana. Ele sentirá no momento de se recusar à ordem superior o perigo que o ameaça, talvez doa um instante em seu peito o desemprego e, muito mais do que isso, o desequilíbrio de sua limitada existência. Entretanto, o que vai dominá-lo no momento de desobedecer é o sentimento de alegria, uma alegria que dói um pouco, mas profunda e indevassável. Os filósofos, sobretudo os modernos, tratam do assunto. Eles sabem que a revolta humaniza e liberta. O revoltado surge puro para a vida, traz consigo um segredo formidável, que tanto pode ser apenas uma fulguração rápida, seguida de abominável abatimento, como também pode transformar-se num relâmpago permanente. Neste último caso, nasceu um santo ou um herói ou um gênio ou um desesperado. São esses, se não me esqueço de mais nada, os caminhos habituais da revolta.

No caso do funcionário o fundamental é distinguir se sua desobediência é antes de tudo uma desobediência a si mesmo, ou se, pelo contrário, é ela uma obediência a uma organização mais sutil do que as convenções hierárquicas: um orgulho fictício, o medo, o preconceito, ou qualquer outra coisa que sem pertencer à realidade íntima do funcionário modela e orienta seus atos.

Há disposições mais profundas que nos limitam de modo mais tirânico do que a lei dos homens.

Camus estudou a revolta com a acuidade que o vem tornando um dos polos sensíveis às mínimas oscilações morais de nosso tempo. Ele vê na revolta um "valor" que se afirma, e demonstra de que maneira o homem revoltado se integra em seu semelhante. De maneira admirável, distingue a "revolta" da "revolução", esta sendo a tentativa de moldar o ato pela ideia. Essa distinção sutil nos livra de caminhar, com toda a lógica, da revolta a uma exaltação cínica de quaisquer atos de rebeldia.

Coluna "Jornal", *Diário Carioca*, 28/03/1948

8

Que coisas você procura em um livro? Mais criterioso do que: de que livros você gosta?

A maneira inconsequente de "ficar": a originalidade, o mais efêmero dos valores. Será lembrado quem escrever um livro de trás para diante. E daí?

Aprender a não precisar do que não possuímos.

E parece ter iniciado a leitura de muitos livros. Inteirou-se de muitos problemas. Informou-se de tudo, mas não sabe concluir.

Diz Hölderlin: quando o espírito obedece ao ritmo torna-se genial. E Léon Daudet o contrário: desde que a sensibilidade se eleva, certa a cadência se impõe.

A lei dos três estados na poesia: Teológica (livros santos, soprados por Deus); Metafísica (o romantismo, inspiração obscura); Positiva (iniciada nos fins do século passado, a poesia tomando consciência de seus poderes e de suas fraquezas).

Um poeta da inteligência pode não ser inteligente.

Se a composição escolar de uma criança é pedante, desconfiai: aí vem um escritor.

O desenvolvimento da inteligência é apenas uma delimitação e um esclarecimento do campo intelectual de cada um. Eu vejo mais claro do que há dez anos. Mas não sei se essa visão é mais real ou verdadeira.

Escolher uma ideia é enamorar-se dela. Todos os equívocos do amor físico prevalecem.

O que faz a delícia de Stendhal é uma serena injustiça. A grandeza, essa ele fez com o estilo, desembaraçado dos inconvenientes da preocupação de escrever bem.

A diferença entre o romance antigo (D. *Quixote*, Dickens, Balzac) e o moderno (Dostoiévski, Proust, Joyce): os últimos ficam mais interessantes nas obras escritas sobre eles do que em seus próprios romances.

Um poema em que as palavras podem ser substituídas por outras sem demasiado prejuízo do encantamento pode ser belo, mas não é verdadeiro. São pérolas, mas falsas, admiráveis, mas falsas.

Os bons versos costumam ter dois sentidos: o poético, absolutamente claro; o prosaico, obscuro.

"A borboleta, depois de botar os ovos, duvido que ainda tenha gosto pela vida. Esvoaça aqui e acolá, ao sabor dos perfumes e da brisa. Antes da postura, sem dúvida, podia pensar (se uma borboleta chega a tanto): ah! que me sentirei livre e leve quando me desfizer deste fardo, desembaraçada de qualquer obrigação, de todos os deveres... A alma, sem finalidade alguma, entregue à ociosidade, se aborrece."

Escrito no Brasil, o trecho acima seria influência de Machado de Assis. Mas foi escrito na França por André Gide.

Dizer a verdade é vingança.

Imitando a máxima de La Rochefoucauld sobre a eloquência: a poesia consiste em dizer tudo o que é preciso dizer e a não dizer o que não for preciso.

Em poesia como em natação: o máximo resultado com o mínimo de esforço.

Um livro cruel: *De Bento Teixeira Pinto a nossos dias.*[*]

Coluna "Fragmentos", *Diário Carioca*, 15/01/1950

[*] Possível referência à *História da literatura brasileira: De Bento Teixeira* (1601) *a Machado de Assis* (1908), de José Veríssimo (1916).

9

O *jet d'eau* no simbolismo e no parnasianismo em França.

Em Baudelaire:

Dans la cour le jet d'eau qui jase
Et ne se tait ni nuit ni jour,
Entretient doucement l'extase
Où ce soir m'a plongé l'amour.*

Em Verlaine:

Au calme clair de lune triste et beau,
Qui fait rêver les oiseaux dans les arbres
Et sangloter d'extase les jets d'eau,
Les grands jets d'eau sveltes parmi les marbres.**

---

* Trecho da primeira estrofe do poema "Le Jet d'eau".
** Última estrofe do poema "Clair de Lune", de Verlaine, incluído em *Fêtes galantes*.

Em Mallarmé:

Fidèle, un blanc jet d'eau soupire vers l'Azur! *

Em Gautier:

A travers la folle risée
Que Saint-Marc renvoie au Lido,
Une gamme monte en fusée,
Comme au clair de lune un jet d'eau... **

A forma — matéria, pura manifestação estética, insondável. A substância — problema psicológico, sentimentalismo. Uma bela casa que possua uma lenda é como a forma e a substância de um poema. A beleza das linhas e dos volumes é emoção estética; a lenda é emoção romântica, humana. Muitos se interessarão pela história em torno da casa; poucos hão de reparar em sua arquitetura. Entre estes últimos, existem ainda os que, sensíveis à forma, se tornam impenetráveis à superstição.

*

Um poeta reúne duas qualidades opostas: abandono e lógica; sensibilidade às iluminações e um sentido rigoroso das convenções. Para falar em termos de exemplo, acontece o grande poeta quando os anjos de Rilke colaboram com a disciplina de Mallarmé.

*

O espírito, por natureza, é ocioso e difuso. Há encanto e fulgor nesta disponibilidade, entretanto, apenas criando resistên-

---

* Quinto verso do poema "Soupir", do francês Stéphane Mallarmé (1842-98).
** Primeira estrofe do poema "Variations sur le carnaval de Venise", do francês Théophile Gautier (1811-72).

cias à espontaneidade é que se pode conseguir em poesia formas definitivas, insubstituíveis.

*

O espírito se reconhece apressadamente e se compraz nas expressões vagas e nos raciocínios imprecisos. Não se pode discutir contra isto. Apenas devemos ter cuidado. O máximo de lógica mental e linguística de que formos capazes não nos impedirá, por um lado, de viver em um mundo misterioso; por outro lado, por mais rigorosa que seja nossa maneira de exprimir, nossa linguagem será sempre fantasiosa, irreal.

*

Alfonso Reyes fala com admirável argúcia na "graciosa palpitação do indeciso". Não somente a poesia padece desse encanto, mas também a crítica de poesia. Muitas vezes, a imprecisão com que se fala sobre poemas é maior do que a imprecisão habitual da poesia. A esse respeito, podemos fazer duas verificações curiosas: a poesia francesa, sensivelmente mais clara do que as outras, tem críticos obscuros, ao passo que em um país de poesia hermética, velada — a Inglaterra —, os críticos são bem mais lógicos e preocupados com os valores mensuráveis de um poema. As exceções confirmam o que dissemos. Mallarmé, Rimbaud, Bréton reagem contra a nitidez excessiva da poesia francesa. Por sua vez, a crítica estética de Paul Valéry é uma reação contra o esoterismo habitual com que os franceses falam sobre poesia.

*

Outra observação: em geral, são os poetas que emprestam menos "transcendência" à *poesia*. Muitas vezes respeitam essa transcendência, porém, quando escrevem sobre poesia são bem mais discretos do que os não poetas. Os ensaios de um T.S. Eliot ou de um Stephen* são precisos, modelarmente precisos, com aquela virtude que o primeiro denomina "sentido desenvolvido dos fatos". Por outro lado, é também verdade que um dos males literários mais nocivos de nossa época nos vem de um grande poeta, Rainer Maria Rilke.

Pelo esforço obtém-se certa poesia; sem esforço, obtém-se outra poesia. Neste último caso, verificaremos os recursos mais espontâneos do espírito. No primeiro caso, trata-se de verificar quanto espírito pode ser empregado em um poema.

*

Valéry aconselha que o artista imite a si mesmo, o melhor de si mesmo, porque uma obra de arte é sempre uma empresa contra a instabilidade, a inconstância do espírito, do vigor e do humor. O melhor modelo para o artista é o melhor que ele conseguir de si mesmo.

*

A primeira distinção de quem deseja compreender o que dizem sobre poesia: separar a emoção poética da emoção do tema. Um poema de assunto palpitante pode ser muito bem escrito e não ser capaz de provocar emoção poética.

"Jornal de Poesia", *O Estado de S. Paulo*, 15/02/1953

---

* Stephen Spender (1909-95), poeta, romancista e ensaísta inglês de quem Paulo Mendes Campos publicou o poema "Pesquisa espiritual" na seção "Poeta do Dia" do seu *Diário da Tarde*.

10

— O pior espírito de quem viaja é o que assume um ar superior e indiferente de intimidade com o mundo. É verdade que não combater as emoções deixa-nos a alma extenuada. Mas vale a pena. O espaço, as construções humanas, a variedade do tempo, a delicadeza de cada momento, a reserva ou a confidência de cada rosto, a luz e a sombra esperam de nossa alma a reação química adequada. Resistir às disposições infantis ou espontâneas do espírito é empobrecê-lo, matá-lo antes do tempo. O mundo não é um salão de hotel, onde devemos afetar naturalidade. Os hotéis são desumanos e fingidos. O mundo é natural e novo.

— Se os psicanalistas comprassem sonhos, eu já teria casa própria. Ainda na noite passada, por que motivo Maria, continuando a mesma, tinha mudado apenas o seu modo de andar? Seu sorriso será o mesmo, doce e irônico, de antigamente. Mas seu andar, outrora leve e juvenil, se fizera duro, de uma decisão que me parecia ridícula mentira.

— "A vida é uma doença e tem três enfermarias: a primeira é a mesa de trabalho, o passaporte, o *boy office*; a segunda representa o vermelho profundo; a terceira, só acessível aos doentes profissionais, é o âmago da questão, com os seus corredores todos."

Quando estou fatigado e vivendo um excesso de imagens, meu subconsciente jorra. Enquanto dormitava dentro de um automóvel, em uma estrada estrangeira, aquela frase absurda se repetia em mim. No momento em que essas mensagens indecifráveis me chegam não sinto a menor vontade de interpretá-las. Valem por si mesmas como os brinquedos da infância. Depois, quando desperto, dou a impressão de que repito um sonho decorado.

— Wilhelm-Apollinaris de Kostrowitzky foi um coração formidável. Tornou-se poeta e amado sob o nome de Guillaume Apollinaire.

A janela do meu quarto, em um hotel de Saint-Germain-des-Prés, dava para os fundos da Igreja São Tomás de Aquino.

Estava prostrado na cama, depois de andar um dia inteiro. De repente, os sinos começaram a vibrar e me levantei e escrevi umas linhas descompassadas, que peço a licença de transcrever:

Na Igreja São Tomás de Aquino
Meu bom Apollinaire se casou.
De manhã, de tarde, não sei,
Seu coração se alvoroçou.
Doeu no ar o som do sino
Quando Apollinaire se casou.
O sino bate, o sino fere, o mesmo sino
De quando a Grande Guerra terminou.
Próximo a São Tomás de Aquino

Um quarto de hotel me fechou,
Quando em mim caiu o sino
Que para as bodas soou.
Na Igreja São Tomás de Aquino
Meu coração não repousou. *

Versinhos sem importância mas nascidos de uma inelutável espontaneidade, inclusive em desunidade rítmica. Lembrava-me do ano do casamento de Apollinaire (1918) mas não sabia a data. Semanas depois, consultando um livro, vi, com doce encanto, que a data do poema e a do casamento de Apollinaire coincidiam: 4 de maio.

Coluna "Conversa Literária", *Manchete*, 12/11/1955

* Publicado, com alteração, sob o título "4 de maio" em O *domingo azul do mar* (1958), e *Poemas* (1979).

11

A filha de Marx conta que seu pai "era um grande admirador de Heine. Gostava tanto da obra quanto do homem, e via seus equívocos políticos com grande indulgência. Dizia que os poetas eram criaturas originais, às quais devemos permitir que sigam os seus próprios caminhos, já que não podemos submetê-las às mesmas regras das pessoas comuns".

*

Quando Bulwer-Lytton, autor de *Os últimos dias de Pompeia*, descobriu no filho a inclinação literária, ficou furioso e o aconselhou veementemente a buscar outra profissão. E quando o filho, conhecido literariamente por Owen Meredith, recebeu por sua vez versos do próprio filho, este ainda menino de colégio, escreveu-lhe uma carta de vinte páginas para induzi-lo a deixar a prática dos versos.

*

Fui uma vez apresentado a uma jovem francesa, que se chamava Ariane.

— Ariane?

E antes que eu lhe despejasse ridiculamente os versos de Racine, ela os disse por mim, com o ar aborrecido de quem o ouvira milhares de vezes:

Ariane, ma soeur, de quel amour blessée
Vous mourûtes aux bords où vous fûtes laissé!*

*

Conta C. J. Dunlop: "O primeiro automóvel de passageiros que apareceu no Rio de Janeiro foi o do grande orador e jornalista da abolição, José do Patrocínio, por volta de 1895. Movido ainda a vapor, com fornalha, caldeira e chaminé, o bisonho e estrepitoso veículo, importado da França, constituiu uma grande novidade. Guiava-o o próprio redator da *Cidade do Rio*, assustando os muares dos carros e dos bondes. Durante semanas rodou esse carro pelas ruas estreitas da cidade, com o seu estridente ruído, aos trancos e solavancos, em permanente dança de são Guido. Certo dia, o poeta Olavo Bilac, que aprendia com Patrocínio a difícil 'arte de dirigir', levou o engenho contra o tronco de uma árvore, na Estrada Velha da Tijuca, inutilizando-o. Patrocínio ficou desolado; Bilac, ao contrário, gabava-se de ter sido o precursor dos desastres de automóvel no Brasil...".

Como todo mundo, compareço também às vezes a banquetes literários, mas rezo pela mesma cartilha satírica de Juan de

---

* "Ariane, minha irmã, de que amor, ferida/ morrestes às margens onde fostes abandonada!". Versos do ato 1, cena 1, de *Fedra*, de Racine.

Mairena, que condenava: a) os que aceitam banquetes em sua homenagem; b) os que declinam a homenagem dos banquetes: c) os que assistem aos banquetes em homenagem a alguém; d) os que não assistem a tais banquetes.

Censurava os primeiros por fátuos e vaidosos; acusava os segundos de hipócritas e falsos modestos; aos terceiros, de parasitas da glória alheia; aos últimos, de invejosos do mérito.

Correio Paulistano [1959]. Coluna "Primeiro Plano",
Diário Carioca, 14/07/1960. Publicado
ainda na *Manchete*, 11/06/1966

12. A Armênia

Doze de abril de 1956, Ierevan. Como é domingo, vou ao futebol. O Espártaco local disputa um jogo do campeonato soviético com o Krasnodar, da cidade do mesmo nome. Repleto de sobretudos pretos, o estádio de pedras roxas. Até na colina ao lado há os torcedores que não gostam de pagar entrada. A assistência, entusiástica e irônica, mastiga sementes assadas, de abóbora, creio. Redondos são os travessões da baliza e, para a desvantagem dos goleiros, pintados de azul e branco. O público vaia e aplaude os jogadores na medida do que estes produzem. Bem fracotes são ambos os contendores, mas se empenham, e vão baixando o sarrafo sem deslealdade. A bola parece uma galinha: é preta. E um zagueiro do Krasnodar é barbado, muito ruim, mas valente. Um galináceo o primeiro gol dos locais. O de empate, logo em seguida, foi bonito. Há uma substituição na equipe local, o que é permitido no campeonato soviético (apenas uma). No intervalo, como no final, o juiz reúne os dois times no centro do campo e saem os 22 jogadores em fila pelo mesmo túnel.

No segundo tempo, os locais meteram mais três bolas e ganharam de quatro a um. A assistência, como se diz, vibrou, e eu fui para o hotel cortar o cabelo.

*

De todas as cidades antigas que conheci, Ierevan me deu a impressão singular que se destruiu por si mesma várias vezes, quando os guerreiros a deixavam em paz. A tremenda erosão desfaz a terra; os homens reconstroem a cidade; gargantas se abrem e desnudam pedras vulcânicas; rios escavam as montanhas e formam desfiladeiros; as casas caíram e se reergueram; uma geração abandonou as ruas em ruínas, outras gerações voltaram a refazê-las; da idade da pedra quando começa a sua história, até hoje, quando aviões a jato policiam suas fronteiras, Ierevan é uma cidade em perpétua reconstrução. Só o Ararate* é o mesmo.

As mesmas pedras roxas com as quais os armênios edificaram Dvin, capital na Idade Média, servem hoje para reconstruir casas, escolas, prédios públicos. A Armênia sofre de velhice quase incurável, e somente a técnica moderna poderá recuperá-la. Para isso trabalham os armênios, para que não pereça, em sua senilidade de 400 mil anos, a terra na qual viveram e lutaram seus ancestrais. Nós nos sentimos confusos e pequenos diante dos fluxos e refluxos históricos que trouxeram os homens a essa região há milênios dramatizada pela presença humana. Em nosso coração não cabem tantas guerras, tantas destruições, tantas fomes, tantas ambições; ao nosso espírito não é dado imaginar o renovar e o desfiar do encadeamento de esperanças que marcaram aqui a passagem dos séculos. Nosso coração é pequeno, nosso espírito é curto. Somente, neste domingo em Ierevan, o

* Pico do maciço de Ararate, visto da capital da Armênia, Ierevan.

sentimento e o quase entendimento de um painel infinitamente grande se insinuam em minha inquietação e me deixam limitado e embevecido.

Periódico não identificado. Recorte de
jornal datado de 1º de maio de 1960

13. Três escritores soviéticos

Voando de Estocolmo para Leningrado. Imensos blocos gelados sobre o Báltico, embora dentro do avião faça um calor de Jacarepaguá. A aeromoça é loura, usa cachos, e é feinha, embora tenha os olhos extremamente belos. A palavra aeromoça, aliás, não assenta às comissárias de bordo soviéticas: esta deu-nos umas balinhas e foi sentar-se, abstrata, para ler uma revista.

Iliá Ehrenburg, depois de passar os olhos no *Pravda*, resolve problemas de palavras cruzadas. O escritor, com quem já conversara em Estocolmo, tem um ar fatigado, sempre cercado de fotógrafos e jornalistas, onde quer que apareça. Em Helsinque, onde fizemos escala, depois de atender um repórter, aproximou-se dos brasileiros.

— Pena que a primavera esteja tão atrasada este ano. Leningrado é uma bela cidade. Moscou não acho bonita. Mas Leningrado, num dia de sol, é uma bela cidade.

Olho através da vidraça a neve espessa que afoga os pinheiros. Ehrenburg dá o número de seu telefone e nos convida para visitá-lo em sua casa de campo, nos arredores de Moscou. Não telefonarei, não irei. Por causa de seu ar cansado.

Voltamos a voar e atravessamos sem turbulência especial a cortina de ferro. Na vasta planura quase despovoada, coberta de neve, há longos caminhos; o sol é como se fosse visto através dum vidro escuro. Sobrevoamos agora uma terra sem relevo, de faixas escuras e brancas, melancólicas, e eu me sinto como uma mosca estupefata que revoasse perdida em cima duma camisa do Botafogo. Ehrenburg continua mergulhado nas suas palavras cruzadas.

*

Tenho um convite para a casa de Oubrazov, diretor do famoso teatro de marionetes de Moscou. Ia começando a jantar no hotel, quando Vadim, o intérprete, segura minha mão: "Você vai jantar com Oubrazov". Respondo-lhe que o convite não falava em jantar, e ele me assegura em tom formal que, se um russo nos convida à sua casa, sempre nos dá o que comer.

Trata-se do russo mais russo que já vi. A sra. Oubrazov fala bem francês e ele, um pouco de inglês. O apartamento é um curioso *bric-à-brac*. Oubrazov ama os objetos, mas diz que começou a obtê-los sem a ideia de fazer coleção. Não há o menor espaço vago na casa, atopetada de relógios antigos, aquários, bonecos de todos os feitios, mamulengos, lustres, miniaturas, instrumentos musicais primitivos, esculturas populares, quadros, um Poussin, espelhos, um bordado feito com fios de cabelo, um desenho feito pela mulher de Paulo I,* realejos, macaquinhos, passarinhos mecânicos que cantam, anjos, um canário de verdade, um cachorro gordo e peludo, diversos gatos (amigos do cão), tinha de tudo em grande quantidade na casa de Oubrazov. Sem esquecer uma Ne-

---

* Paulo I (1754-1801), tsar da Rússia de 1798 a 1801.

ga Maluca da Bahia. Quis saber o que era a Nega Maluca para escrever uma história e apresentá-la no teatro de bonecos. Mostrou-me seu último livro, sobre uma viagem à Inglaterra, do qual era autor do texto, dos desenhos e das fotos. Conta-me que na Rússia há um dito ("Não é o Rio de Janeiro"), usado quando uma pessoa quer dizer que uma coisa qualquer não lhe agradou bastante. E esse dito nasceu duma peça antiga de Pietrov, na qual o personagem, sonhando sempre com o Brasil, vivia a suspirar diante de tudo: "Isto não é o Rio de Janeiro!".

Ehrenburg deu à sra. Oubrazov uma planta brasileira; sou incapaz de identificá-la, naturalmente.

E jantamos. Ao despedir-me, o simpático Oubrazov presenteou-me com uma toalha de chá feita à mão, mas me pede desculpas; soubesse que eu era pai duma menina, teria arranjado alguma coisa para ela. Ele não tinha filhos.

Lá fora, Clara, a intérprete, me diz: "Oubrazov é um homem excelente, mas eu não entendo seu amor pelas coisas antigas. Um desenho feito pela mulher de Paulo I, francamente!".

*

Korneitchuk,* escritor, membro do comitê central do partido comunista russo, ex-presidente da Ucrânia, diz ter hoje mais gosto pela literatura do que pelos cargos de chefia. Contaram-me antes que tem ainda o gosto da companhia de sul-americanos, brasileiros em particular.

À véspera de deixar Kiev, nossa comitiva toda (umas quinze pessoas com os intérpretes) foi recebida pelos Korneitchuk. Ela, a conhecida escritora Wanda Wasilewska. Fomos para almoçar

*Aleksandr Korneitchuk (1905-72).

e ficamos até sete horas da noite, retidos pela amabilidade exigente dele e facilmente tolerados pela cordialidade dela.

De todas as pessoas com as quais estive na União Soviética, Korneitchuk foi a que mais me impressionou. Raras vezes na minha vida me lembro de ter encontrado outras personalidades desse tipo humanamente fascinante, no qual a inteligência e a sensibilidade mantêm sem parar um exaltado diálogo. Talvez não me explique certo: o hábito do raciocínio, o mais das vezes, conduz o homem a um estado de placidez física e a uma disciplina de emoções; já o encanto dos temperamentos emotivos está na falta de rigor do pensamento lógico, na própria emotividade com que pensam. Mas há espíritos de alternativa, como o de Korneitchuk, nos quais a argúcia da inteligência e a vibração emocional traçam desenhos que se disputam e jamais são resolvidos. Georges Bernanos era também assim. E como nos olhos do escritor católico, nos olhos do escritor comunista fulguravam chispas verdes. O dom do raciocínio quando misturado à dádiva da paixão faz com que as criaturas ponham fogo pelos olhos, como se uma coisa fizesse a outra arder indefinidamente. Lógica e paixão fazem um incêndio na alma. Pascal também devia botar fogo pelos olhos. E Spinoza. E eu também, agora, mas por outro motivo: Korneitchuk me deu vodca com pimenta-do-reino, à maneira autêntica, disse ele.

Manchete, 04/03/1961

14

A teimosia, como a cruz para o cristão, é o sinal do tradutor de poemas.

*

Tel qu'un lui-même enfin, la littérature le change. *

*

Poesia dramática é a que incide sobre situações-símbolo, procurando definir a cada instante o destino do homem.

*

Ainda que abstrato ao excesso, um poema deve ter princípio e fim, e há vários expedientes para conseguir isso. A poesia moderna, cujo lirismo parece sufocado, tende a apresentar-se em

* O verso do poema "Le Tombeau d'Edgar Poe", de Mallarmé, é: *"Tel qu'un lui-même enfin, l'éternité le change"*.

trechos poéticos soltos. Talvez atravessemos hoje um romantismo disfarçado: o poeta, intimidado pela ciência, humilhado pela vida, premido pela moral política, tornou-se um tipo selvagem de romântico hermético, resolvendo em fórmulas mais psicológicas do que propriamente poéticas a sua decepção. O poeta sente a indiferença do público pela sua poesia, a distância do mundo pelos seus valores, e, vingando-se, não diz a essa sociedade as emoções que ela gostaria de encontrar na leitura de poemas.

Assim, é possível que o hermetismo contemporâneo seja o resultado indireto da inadaptação do poeta dentro do meio social de nosso tempo. Mesmo os poetas que de algum modo participam, com a poesia, dos largos problemas circunstanciais de nossa época, não se exprimem com a clareza que seria de esperar de uma mensagem à coletividade.

É possível, considerando um aspecto correlato, que as grandes sutilezas da poética moderna, que fizeram do clã de literatos uma ordem secreta, sejam uma outra modalidade desse alheamento do poeta à limitada capacidade intelectual e emocional do público maior. A humanidade pouco se importa com a poesia: o poeta escreve, então, uma poesia que só os outros poetas entendem ou apreciam, acusando o homem comum de nosso tempo de vulgaridade e estreiteza sentimental.

As sutilezas escondem desilusões e nunca foi a teoria literária tão sutil e tão difícil como em nossa época. Houve tempo em que havia leis retóricas para escrever poesia; agora, temos leis para a leitura da poesia. Os poetas, sobretudo os poetas, tornaram-se os aristocratas da terra.

*

O significado moral do *"April is the cruellest month"*, de T. S. Eliot, já está em Leconte de Lisle:

J'ai peur d'Avril, peur de l'émoi.
Qu'éveille sa douleur touchante. *

É o mesmo repúdio à primavera e à vida: Eliot, por ser um temperamento ascético: Leconte de Lisle por ter sido um espírito romântico, consumido pelo nada.

*

Poema é uma tentativa de provar, por evidência, o que é a linguagem.

*

O prosador pode ser um inconformado, mas a prosa, desde que não seja poética, sempre aceita o mundo; a poesia é por si mesma a linguagem do inconformismo.

*

Necessário em poesia: aprender a não precisar das qualidades que não possuímos.

Coluna "Jornal de Poesia", de *O Jornal*

---

* Dois primeiros versos da primeira e última estrofes do poema "Douceur d'Avril", do francês Sully Prudhomme (1839-1907), e não do também francês Leconte de Lisle (1818-94).

15

O poético teatral não decorre do tema do estilo. Não se encontra no tema, mas decorre do estilo, da técnica. Não é a linguagem vaga, imprecisa, metafórica, mas o poético deve residir na contextura da peça, deve ser criado a cada passo, quando o autor sabe entrelaçar o sentido das falas, quando as frases se transmitem influências recíprocas e como que ondulam ao ser lidas e ouvidas.

Tomemos o trecho de um drama poético, a célebre passagem de *Macbeth* em que se anuncia ao rei a morte da rainha. Nada conhecendo da peça, uma pessoa poderia, ao ler aquele fragmento, admirá-lo em sua intensidade poética. Lida toda a tragédia, essa pessoa gozará o trecho em sua intensidade dramática, isto é, as palavras candentes ditas por Macbeth estarão trabalhadas por todas as palavras que as precederam, por todas as situações anteriores. Ganha esse trecho em emoção o que perde em poesia. Quem estiver lendo a peça não precisa ter na consciência todos os lances que configuram a dramaticidade dessa passagem; esta foi a tarefa de Shakespeare, que sabia as possibilidades de todas as relações, de todas as interferências que poderiam emprestar ao trecho maior riqueza associativa.

*

Há íntima conexão entre poesia e técnica dramática. O poema, por assim dizer, pretende ser uma espécie de síntese de uma história dramática, da mesma forma que o drama teria por ideal exprimir-se num poema.

*

A inteligência não disciplinou nem pacificou a consciência humana. Criou um monstro, tão fabuloso quanto as divindades mitológicas.

O universo parece uma armadilha para o espírito e, da ignorância pré-histórica à ciência moderna, é como se houvesse se desenrolado uma conspiração do homem contra o homem. O conforto técnico de nossa época tem um contrapeso patético: de um único teorema científico surgem um aparelho doméstico e uma arma poderosa.

Se a ciência é hoje em dia uma força do azar, por outro lado, o espírito criador, a atividade artística, não nos conduz a terreno mais seguro, em que possamos ter maiores certezas. Nesse plano, o espírito não engendra um monstro por meio das faculdades puras da inteligência, pelo contrário, vai procurar o comércio dos fantasmas e deles aguardar salvação.

A verdade é que os artistas sempre valorizaram arbitrariamente a própria capacidade criadora. Da arte antiga à arte moderna, o espírito emaranhou-se numa rede inimaginável de superstições, de falsidade e deformações através de seus valores não lógicos. O artista, ao contrário do homem de ciência, tenta prevalecer sobre o mundo dando-lhe a feição de suas próprias aspirações, estimulando os homens de acordo com as falhas de sua própria personalidade, pregando muitas vezes suas deficiências como aquilo que é importante. Ele usa de todos os subterfúgios a fim de que sua voz seja ouvida, sempre procurando seduzir, gostando de fazer acreditar que sua realidade é a realidade do homem e, desprezando os preconceitos sociais, ele procura substituí-los por seus preconceitos íntimos.

Diz-se que a obra de arte liberta o criador de seus fantasmas. Ao libertar-se, entretanto, o artista põe esses fantasmas em circulação: é mais uma divulgação de fantasmas.

*

A complexidade de uma fixação do que é a "realidade" para a arte e de delimitar a sanidade mental do artista explica-se mais ou menos pelo paradoxo: em matéria de arte tudo é verdade e tudo é mentira.

O equívoco mais comum de quem se refere à arte e realidade costuma ser a argumentação à base do que dizem os filósofos e os próprios artistas. Pela mão dos primeiros, somos fatalmente conduzidos a terreno diverso, e vamos frequentemente nos domínios das teorias do conhecimento, onde não se encontram respostas diretas para as perguntas da arte. Por outro lado, o que afirmam os artistas não é boa moeda. Nas questões de arte, o artista é uma das incógnitas e, assim, o que ele fala sobre a criação ou sobre si mesmo não deve ter o valor de uma conclusão mas sim de um elemento a ser considerado, da mesma maneira que as confissões de um doente mental servem ao psiquiatra como elemento indireto na pesquisa da verdade. Qualquer que fosse o meu ponto de vista sobre o mecanismo do nascimento da obra de arte, eu colheria facilmente por toda a história da arte afirmações e casos que abonariam meu modo de pensar.

*

A "super-realidade" é uma palavra moderna. Dizer que a arte descobre na sua irrealidade um mundo mais real do que o mundo dos sentidos é um axioma de nosso tempo. No século XVIII, depois das especulações de Kant sobre uma realidade fora de nosso conhecimento, seus continuadores, Fichte e Shelling, criavam os sistemas que iriam servir de andaime ao romantismo alemão. O real implacável começa a ser valorizado, e vamos encontrar na literatura alemã dessa época uma geração de escritores obscuros, Hölderlin, Hoffmann, Chamisso, Novalis etc. O próprio Goethe, virtuose de todos os pensamentos, vê no efêmero apenas o símbolo. O mundo é uma alegoria, o sentimento mais real do que o acontecimento. O conto de fada importa mais do que a crônica histórica. E assim, quando em nosso século vamos encontrar uma arte que se pretende super-real, veremos que ela se prende ao romantismo na expressão mais filosófica deste. Variam os pretextos, mas a arte de nossos dias procura exprimir a mesma realidade do romantismo. No romance de Proust, na filosofia neotomista de Maritain, na disponibilidade aflita de André Gide, por diferentes que sejam, veremos a intenção comum de criar e teorizar uma arte que elimine o supérfluo real a fim de revelar obscuramente o que importa, o "segredo", o "mistério".

*

Jean Cocteau aconselhava aos jovens escritores que fizessem a seguinte invocação: livrai-me, Senhor, de escrever o livro esperado. E, na verdade, o livro esperado é uma tentação forte. Há um estilo esperado, há imagens esperadas, adjetivos esperados. Há sobretudo ideias, sentimentos e emoções ansiosamente esperados. Nos círculos em que os best-sellers triunfam como nas rodas intelectuais mais requintadas, há, em cada época, um conjunto de necessidades ideais e estilísticas que pedem a obra e a configuram de antemão. Escrevê-las, o que é de um certo modo plagiá-las, é tornar-se imediatamente um "contemporâneo". O "contemporâneo" não precisa ter o hábito de pensar: tudo está pensado para ele: não precisa encontrar um estilo: ele está feito. O "contemporâneo" é hábil e tem o instinto apurado. Ele equaciona seu problema pessoal nos seguintes termos: escrever a obra que não seja a cópia idêntica de outra qualquer, mas que obtenha resultados idênticos àqueles conseguidos por esse ou aquele livro. Ele joga na certa, preocupando-se apenas em se informar de que maneira deve escrever e nunca de que forma poderia escrever.

UM POEMA DE W. B. YEATS

Do livro *20 Poetas ingleses*, agora publicado, em que o escritor Bezerra de Freitas estuda diversas figuras da literatura, de Tennyson a Stephen Spender, transcrevemos a seguinte tradução de um poema de William Butler Yeats:

Quando fores velhinha, de cabelos brancos e cheia de sono,
Cabeceando junto ao fogo, toma este livro,
Leia-o vagarosamente e sonha com o doce brilho
Que teus olhos tinham outrora e com as suas sombras carregadas.

Muitos adoraram os teus instantes de graça juvenil
E amaram a tua beleza com amor dissimulado ou verdadeiro;
Mas um homem amou a alma peregrina que dentro de ti havia
Como também amou as amarguras que o teu rosto estampava.

E reclinada sobre as barras incandescentes,
Recordarás, um pouco tristonha, o amor que fugiu

E atravessou as altas montanhas
*Ocultando a face por entre miríade de estrelas.**

Coluna "Jornal de Poesia", de O *Jornal*. Década de 1940,
de acordo com anotação feita pelo autor.

---

* "When You Are Old", publicado em *The Rose* (1893).

16

O "boa-vida" é um conhecedor, no sentido filosófico da palavra. Por ser uma filosofia de vida, implica uma escolha, uma opção, em que renunciamos a certos prazeres, a fim de mais intensamente gozar outros. O bom gosto é uma limitação, antidionisíaca por excelência. A pessoa que "come bem" desconhece o prazer vulgar da voracidade, assim como o entendido em música não pode experimentar a doce languidez de canções banais. Um senhor de minhas relações leva seu próprio bom gosto a quase todos os terrenos — é um apolínico. Come bem, bebe bem, veste-se bem, conversa bem, ornou sua casa do que há de melhor em decoração, dotou sua discoteca exclusivamente de peças irrepreensivelmente belas. Ademais, esse meu amigo "lê bem". Não se dispersa, não se permite seduzir por qualquer literatura que ele não domine de todo, ou de que não possa extrair um máximo de satisfação. Naturalmente, sua leitura preferida é a dos clássicos portugueses, e isso se explica por dois motivos fundamentais: primeiro, porque o encantamento literário é verdadeiramente puro apenas em nossa própria língua; em segundo lugar, a leitura dos antigos está hoje enriquecida de um sem-número de noções, que poderiam até mesmo repugnar a um temperamento romântico, as que intensifican o divertimento de um espírito que se deseja nítido.

Com seu bom gosto sistemático, meu amigo nada mais fez do que recusar todo um mundo de emoções, indefinidas, obscuras, às vezes angustiantes. Poupou-se ao abismo, sacrificou-se à lucidez, à certeza. "Olimpicamente", prefere compreender as coisas a senti-las. É um homem filosoficamente contra a mágica. Não mantém comércio com o demônio da vulgaridade, uma das forças mais poderosas da terra. Também a vulgaridade tem os seus filósofos e os seus gênios, e é para muitos a única esperança.

* * *

Um moderno teórico da poesia diz que o verso é uma combinação química de sentido e som. O conceito é bastante elucidativo, mas não é exato. Combinação química dá ideia de homogeneidade, e, realmente, em nenhum poema o som e o sentido mantêm entre si, durante muito tempo, a mesma distância, a mesma harmonia. Na verdade, todos os mais belos poemas que conhecemos, ora o sentido se esgarça e a sonoridade se impõe, ora é a música verbal que se afasta a um segundo plano, a fim de que apareça o significado das palavras. Nos versos de maior beleza nosso espírito permanece docemente indeciso entre a musicalidade das palavras e o que elas dizem. Somente desses raros versos podemos falar em combinação química. De um poema é mais razoável dizer que existe uma "conversa" entre o sentido e o som.

Suponhamos um crítico x a quem a poesia de Olavo Bilac não agrada. Suponhamos, por exemplo, que esse crítico veja nos poemas de Fernando Pessoa o máximo de emoção poética em nossa língua. Escrevendo sobre Bilac, esse crítico poderia fazer justiça se ele tiver o dom de avaliar a distância entre o que o nosso parnasiano obteve como "resultado" e o que ele se propôs como ideal estético. Entre Bilac e Fernando Pessoa há um mal--entendido, do qual precisamos ter conhecimento, se desejamos criticá-los com honestidade.

Se entre dois homens, o confronto da excelência poética comporta enganos, quando se trata de indicar a supremacia de uma época sobre outras, navegamos então num oceano de equívocos. Se temos duas línguas diferentes, as coisas pioram. Ainda que imaginável, a crítica comparativa entre duas épocas é singularmente difícil, sendo que, em geral, exigimos dela o que não se propuseram. Antes de qualquer gesto crítico é preciso que compreenda o parnasianismo dentro das aspirações de forma escultural, e o simbolismo dentro do desejo de *reprendre à la musique leur bien.** Já a época literária, se não tem limites tão objetivos, tem por fatalidade limitação semelhante. A poesia de um período, forçosamente, esteve condicionada a um grande número de circunstâncias, moldou-se segundo elas, ficou confinada a "agir" dentro de um círculo de diâmetro imaginariamente determinável. A poesia *de uma* época, enfim, indestrinçável de inúmeros elementos que a permitiram e caracterizaram.

O poeta de nossos dias, se não for um ermitão, se frequentar cinemas, se ouvir rádio, viajar de avião, se ler jornais e divulgações científicas, se se utilizar, enfim, da facilidade de conhecimento dado pelo nosso tempo, ele estará de posse de um certo "patrimônio poético" adquirido num espaço de anos muito inferior ao que se levaria para conseguir a mesma coisa na época de Dante. Num curto período de sua vida ele pôde ver terras dife-

---

* "Dar à música o lugar que merece." Palavras de Paul Valéry no primeiro livro das *Varietés*.

rentes, experimentar emoções diversas, conhecer muitas espécies de árvores, e viu na tela como os cavalos saltam e as flores desabrocham, viu e conheceu afinal todo um mundo que pode dar imagens e temas à poesia, e que, antes das invenções modernas, só poderia ser acumulado depois de uma longa vida. Essa aprendizagem não é o essencial do poeta "para a poesia" — mas é a sua riqueza.

POEMAS DE SARA TEASDALE[*]

O olhar

Na primavera Strephon me beijou
No outono foi Robin
Colin apenas me deu um olhar
E nunca me beijou.

O beijo de Strephon... nem me lembro mais.
Porque ele me beijou e Robin me beijou.
Mas o beijo que havia no olhar de Colin
Esse me acompanha aonde vou.

Canção para Colin

Canto uma cantiga na hora da penumbra
E a estrela da tarde está brilhando.
Terence deixa a lira que está tocando
Para de longe me responder.

[*] Sara Teasdale (1884-1933), poeta americana.

Pierrot deixa o alaúde e chora
E suspira: "Canta para mim..."
Mas Colin dorme sob a macieira,
Dorme tranquilo, sem pensar em mim.

[Tradução de J. Carneiro]

Coluna "Jornal de Poesia", de O *Jornal*. Década de 1950, de acordo com anotação feita pelo autor.

MISCELÂNEA

De um caderno de viagem (1)
1956

Clara, uma das intérpretes, estudou a nossa língua com um professor português, mas, em contato com brasileiros que visitaram a URSS, desistiu da prosódia lusitana, aprendendo muito da nossa gíria, das nossas coisas e do nosso modo de viver. Se viesse um dia ao Brasil, me diz, sua primeira providência seria provar jabuticaba. E me faz esta confidência:

— O senhor quer saber duma coisa? Tenho tanto ciúme dos meus discos brasileiros, que não os empresto nem para a Rádio de Moscou.

*

A vodca é essencialmente oratória. O hábito dessa bebida criou uma segunda natureza na alma russa: o amor aos brindes. Eu, que me pelo de falar em público, a golpes de vodca, surpreendi-me algumas vezes a pedir a palavra.

*

Após o banquete de despedida, em Leningrado, fui para o meu quarto, sentindo-me confuso, vermelho e brilhante. Comecei imediatamente a escrever páginas e páginas que me pareceram da mais incisiva sociologia. No dia seguinte, sem nenhum espanto, verifiquei que não prestavam para nada.

*

Nenhum espetáculo mais perfeito que o balé soviético. Nada mais próximo dessa pura e arrebatada emoção que sempre se busca no palco e tão raramente se atinge. Palco e plateia se reúnem em um só movimento; o espírito do espectador também dança, encontrando na sequência dos gestos melodiosos uma resposta, um consolo, uma explicação a toda a sua vida. Sem que se articule em estado de mudez iluminada, o espírito contempla a tradução, para a beleza e para a serenidade, de todas as suas angústias, suas feias aspirações inconclusas, o seu medo e a sua incompreensão da realidade. Li outro dia nos jornais que os ingleses levarão um corpo de balé à União Soviética; é como se os russos levassem carvão a Cardiff.

*

As belas e floridas colinas de Sukhumi,* de onde olhamos o mar Negro. A situação geográfica me faz lembrar uma esquisita mistura de duas cidades: Nápoles e Macaé. O ar é leve, e faz sol depois de muitos dias de frio. Tudo em flor em Sukhumi, magnólias e mimosas desejando-nos bom-dia. Meu amigo limoeiro agita na brisa os seus pomos verdes. De súbito, uma surpresa: bananeiras. Alguém me pergunta se a paisagem não me

---

* Capital da Abkházia, região no Cáucaso que fazia parte da antiga União Soviética.

lembra Minas. Tirou-me a palavra da boca: "Oh, Minas Gerais, oh, Minas Gerais, quem te conhece não te esquece mais...". O intérprete me interrompe e canta a mesma música com palavras russas. Que história é essa? Ele afirma que a canção é russa, do século XVIII, e se chama "Andorinha"...

*

A Armênia mantém a tradição bíblica e planta extensos vinhedos nos vales do Ararate.* Da adega da fábrica, fundada há quase setenta anos, sobe um perfume honesto da velha bebida que fez Noé perder a compostura, mas não o céu. Bom Noé, tirante a ideia da arca, sempre me simpatizei com ele. O diretor nos mostra málagas de 1905, madeiras de 1902, como a aguçar-nos a sede; ele ama os vinhos em si mesmos e faz literatura: "o produtor de vinhos é como um pintor que escolhe e combina as suas tintas...". Segue-se a prova, em torno de uma grande mesa circular. Dez qualidades diferentes passam pelos nossos cálices, algumas são repetidas. O vinicultor tem um ditado, diz o diretor: "Vinho velho e mulher jovem". A única mulher presente, *hélas*, era velha e pertencia ao próprio diretor.

De volta ao hotel, deram-nos mais vinho, excelente. A truta do lago Sevan é, se me permitem, de tirar o chapéu. Há também uma carne enroladinha; chamada *lulakebab*, de que Púchkin não fazia jejum. Púchkin e eu. Depois vou para o meu quarto, enfio-me debaixo de um cobertor de pele de camelo e, a exemplo de Noé, durmo a valer, para acordar com uma dor de cabeça digna do Velho Testamento.

*

* O monte Ararate, ponto mais alto da Turquia, tem 5165 metros de altitude e pode ser visto da Armênia.

O armênio me parece de natureza mais alegre que os russos e ucranianos. Durante o jantar, artistas especialmente convidados cantaram e executaram músicas locais. À sobremesa, senhoras passaram a convidar os visitantes para acompanhá-las em dança típica. Ninguém escapou. O bom humor de todos explodiu quando dois brasileiros, aos primeiros acordes de uma música tipicamente armênia, reconheceram o parentesco muito próximo entre esta e o frevo e meteram os peitos: os nativos ficaram boquiabertos. Dois músicos locais, pretendendo homenagear-nos, executaram "La Cumparsita". Felizmente, em nossa comitiva, havia um argentino para desfrutar a peça e entristecer-se. Ripostando, e para a minha total surpresa, João Burza, psiquiatra e pavloviano, pediu um violino e desfiou de cabo a rabo uma langorosa e bonita valsinha de Minas Gerais de antigamente.

*

Estamos no estádio de Kiev para assistir ao jogo de campeonato entre o Dínamo desta cidade e o Espártaco de Moscou: os lugares são numerados sobre o banco, mas, como se calculou para espectador médio um volume físico de bailarino andaluz, fica-se num aperto de gata-parida. A televisão nos seus postos, fotógrafos relutantes a deixar o campo, a plateia impaciente, tudo como no Brasil. Como no Brasil, a torcida vaia quando um jogador atrasa a bola sem necessidade, aplaude as raras fintas, vaia o juiz, explode de entusiasmo quando o craque pega de jeito uma bicicleta.

O Espártaco é melhor mas o time local tem raça. O futebol não é nada brilhante e se faz com uma objetividade teimosa. Neto, entretanto, é um excelente médio e lembra o estilo de Dequinha. Vencia o quadro de Moscou por um gol, quando, faltando dez minutos para terminar, sua senhoria fez uma "suja", anulando um tento correto do time local. O estádio veio abaixo em substanciosa vaia. Kiev ficou com raiva, empatando no final com uma bomba que o árbitro teve de confirmar. A assistência esteve à altura desse *gran finale*, sobretudo quando o menino do placar, terminado o jogo, acendeu o resultado que lhe parecia justo: dois a um a favor dos locais.

Manchete, 28/02/1959

De um caderno de viagem (2)
maio de 1956

Vamos aos trambolhões nas correntes ascendentes do deserto de Gobi, pardo e triste. Nas montanhas abruptas, a Transiberiana, e um pouco depois, a Grande Muralha da China, subindo e descendo abismos para defender os mortos de um perigo extinto. O aparelho ganha altura, meus ouvidos doem, a comitiva de japoneses enjoa ao mesmo tempo. Os dois rapazes chineses dormem, os únicos aqui dentro invariavelmente tranquilos. Agora estamos chegando a Pequim. Súbitos espaços verdes nos rejubilam. Sobrevoamos os jardins do Palácio de Verão. O chinês a meu lado acorda e se entusiasma: *Beautiful*, eu lhe digo. Sua alegria é maior do que a modéstia herdada de seus antepassados: *Very beautiful!*

*

Na colina aguda do jardim do mar do Norte — ilha de Jade —, onde se fundou Pequim, tomamos chá para combater o vento frio que o deserto mongol fabrica e sopra incessantemente sobre a cidade. Sung Iu, quatro séculos a.C., explicou num poema em prosa que há dois tipos de vento: um gentil, agradável, próprio para o imperador, o vento-homem; o outro túrgido, pesado, opressivo, próprio para as pessoas comuns, era o vento--mulher. Sung Iu sabia construir belas parábolas didáticas para uso dos poderosos, mas desprezava socialmente as mulheres como todos os chineses de seu tempo. Por isso confundiu os sexos dos ventos. Mulher amorável é a brisa que põe os salgueiros gesticulando quando a primavera amadurece. Mas este vento anavalhante, a provocar nevralgias, é homem, e homem feio, mal--educado e barbudo.

*

Na antiga embaixada italiana, não consigo manter-me atento à entrevista que três advogados chineses concedem aos visitantes. Três horas da tarde é quando costumo espacejar-me, divergir--me em vaguezas, como neste instante pequinês, sobretudo se um pássaro, como agora, estiver na quietude das árvores a praticar o seu único madrigal. Fui vastamente preguiçoso em tardes antigas de outras primaveras: o hábito de pensar sem pensamentos às três horas da tarde permaneceu em mim. Gosto de leis pela rama, e preferia estar lá fora num banco do jardim, ouvindo a tarde e o pássaro. Talvez, foi no colégio que contraí essa incapacidade para certas tardes duma luz particular, quando a voz monótona do professor tentava convencer-nos de que Peiping era a capital da China ou que a unidade métrica é a décima milionésima parte da quarta parte dum meridiano terrestre. Elidindo passado e futuro, sou uma coisa presente, um homem como os falsos chineses da imaginação ocidental, um espírito absorvido num canto de ave e no perfume de verde novo.

*

Almoço no restaurante Todas as Morais se Encontram, velho de seiscentos anos, e hoje subvencionado pelo governo. Especialidade da casa: pato laqueado. Meu amigo Raimundo Nogueira, paraense, pintor e cozinheiro excelente de pato ao tucupi, que me desculpe, mas apenas no Todas as Morais descobri o motivo sério pelo qual os patos vêm ao mundo. Uma orgia sã de pato, regalada a vinho e uma aguardente de arroz especial, que faz arder o esôfago mas abranda o fogo da alma.

*

Saímos à noite para uma volta a pé. O dono de um triciclo nos oferece seus préstimos e recusamos. Não me agrada ser puxado por um ser humano, embora os pedais sejam uma pequena melhoria social nesse tipo de transporte. O homem tanto insiste, que cedemos. Um assovio cortou o ar e mais quatro triciclos surgiram da esquina. Contrafeito, tomo o meu lugar, conduzido por um homem de certa idade, mas que não demonstra fadiga. Sinto-me dividido nesta caliginosa noite, humilhado por estar sendo conduzido pelo esforço dum semelhante, e ao mesmo tempo, sob a sombra das copas das árvores, com a lua minguante no céu nevoento, estou arrebatado em silêncio, as emoções embaralhadas, antigo e futuro como um fantasma. A fugaz e talvez mentirosa intuição desta cidade me apareceu nesse momento, nessa mesma evidência com que uma criatura surge às vezes aos nossos olhos com estranha e forte verdade. É da soma desses momentos que se cristaliza o amor. Percorremos os mercados, as ruas cheias de gente e voltamos. Cobram-nos iene e meio de cada. Demos dois. Com alívio, desço da condução e aperto a mão do velho, oferecendo-me desta vez para puxá-lo. Ele se ri, pensando que se trata duma brincadeira. Não é. Mas um desejo vivo de autopunição.

*

Impossível não virar criança num bazar chinês. Os comerciantes são amáveis e, mesmo quando não queremos comprar o objeto, dizem que não tem importância, mostrando com prazer como funciona essa ou aquela bugiganga, rindo depois um riso não maculado do cansaço de vender. E impossível ainda é não comprar tudo isso. Como voltar ao Brasil sem levar esses canários amarelos de veludo, os faisões soberbos, os periquitos, todos esses pássaros verdes, vermelhos, azuis, violeta. Flores de pano para noivas, rosas rubras, botões de cerejeira, dragões violáceos, rinocerontes de vidro esverdeado, budas de madeira e de marfim, sombrinhas de seda colorida, para mulher, sombrinhas de papel encerado para homem, esculturas feitas de ossos, cestas de vime, bonecas feinhas de olhos redondos (exóticas), vasos de porcelana, colares, pulseiras de jade, anéis de todos os preços, violinos de duas cordas, macaquinhos minúsculos, blusas estampadas, túnicas brilhantes, flautas de bambu, tudo lúdico e de uma ingenuidade trabalhada e repousante. Volto com os braços carregados de embrulhos e fatigado de minha felicidade infantil. É possível que amanhã eu vá olhar com desinteresse para estas coisas. Mas valeu a pena.

Manchete, 17/10/1959

De um caderno de viagem (3)

Não sei como os londrinos, disputando a vida numa cidade de 8 milhões de habitantes, podem manter em nosso tempo a mesma afetação de pontualidade da época vitoriana. O suíço faz o relógio; o inglês o utiliza. Preferível ficar sem bússola no meio do oceano do que sem relógio no meio de Londres. Sem esta máquina (que nunca tive), o morador de Londres não tomará suas refeições, não beberá o seu copo de cerveja morna, não encontrará a namorada, não apanhará o trem. O tempo para o londrino é uma medida absoluta, quer em se tratando do varejo — minutos e segundos —, quer em se tratando do tempo a atacado — anos e séculos. Uma vez, uma senhora inglesa de 76 primaveras me disse que num prazo de cinco anos viria conhecer a América do Sul, e não havia presunção ou candidez nessa afirmativa: ela virá mesmo. Virá com a naturalidade e a obstinação britânicas, do mesmo modo que Bertrand Russell, aos oitenta anos, voando para a Noruega, caiu no mar, nadou até a costa e chegou pontualmente diante do auditório que o esperava para uma conferência.

Time is money. Não confundir este lema com um incitamento à rapidez. *Time is money* tem para o inglês um significado mais profundo e ao mesmo tempo mais idiota. *Time is money* quer dizer exatamente, quadradamente, que tempo é dinheiro mesmo, que o tempo é a matéria-prima do dinheiro. Todo o Império Britânico foi edificado sobre isso.

Em 1821, Stendhal mudou de resolução: em vez de suicidar-se, foi a Londres. Queria ver Shakespeare no palco. A descrição descompassada e extremamente agradável dessa viagem pode ser lida em *Souvenirs d'égotisme*, que ele começou a escrever nos lazeres consulares de Civitavecchia. Depois de ter enchido 270 laudas, num dia de muito calor (a temperatura quente tirava-lhe as ideias), abandonou o manuscrito e nunca mais o retomou. Magoado e aborrecido, ele pensava na morte, e queria que em seu túmulo (muito simples, nada parisiense, nada vaudevilesco) fosse colocada uma inscrição:

ERRICO BEYLE MILANESE[*]

Visse, scrisse, amó
Quest'anima
Adorava
Cimarosa, Mozart è Shakespeare

Não cruzei a Mancha para ver o teatro de Shakespeare. Fui de trem a Stratford-upon-Avon em um ato de fé. Mas não conto. O amor a Shakespeare por parte do escritor menor deve ser abrasador e recolhido como a adoração de um pajem por sua rainha.

---

[*] Versão para o italiano que Henri-Marie Beyle Stendhal fez de seu nome.

*

Stratford, doce e com um mínimo de melancolia indispensável ao caráter britânico, não é tocada pelo estouvamento contemporâneo. Um grito, uma risada mais alta poderia desfazer o encanto da bela adormecida. Stratford mantém-se, mas nós adivinhamos a fragilidade do seu milagre. Por um momento, fingimos a sério viver no tempo de Isabel. O século XVI apodreceu, ninguém mais se lembrava de seus horrores, da violência com que manteve seus preconceitos históricos e suas ambições. Ficou Shakespeare. Ficaram Webster, Spencer, Ben Jonson, ficou Stratford-upon-Avon purificada, santificada pelo tempo. Suas pontes não são mais cruzadas pelos comerciantes ávidos que estabeleceram à sombra duma civilização cruel um vil regime de trocas e vendas. Stratford é hoje o paraíso das inglesas velhas. Nunca vi tanta velha junta em minha vida. Usa-se muito na Inglaterra uma compostura entre o triste e o grave. As velhinhas não, são gárrulas, festivas, irrompem como bandos de galinhas curiosas em todos os lugares onde haja diversão.

*

A casa de Shakespeare. Não senti a menor emoção: não sei bem por quê, veio-me a certeza gratuita de que William Shakespeare não nascera ali coisa nenhuma. Nada valho contra essas arbitrariedades de um ser voluntarioso que desmanda em mim. Mas fazia sol e frio em Stratford, não ao mesmo tempo, alternadamente. Em outras palavras, fazia um glorioso dia de primavera inglesa. Na distribuição generosa de espaços e volumes da cidade, o ar era leve, o Avon ia indo. Em suas margens, as tulipas e os narcisos se vingavam do inverno, ostentando cores vivas, de uma beleza que sempre me deixa confuso e tocado de gratidão pela vida. Aquilo era uma tarde de maio e iria desaparecer para sempre, aquilo era a Inglaterra, *this blessed plot, this earth, this realm, this England.**

Manchete, 16/01/1960

---

* Trecho da fala de John de Gaunt, duque de Lancaster, no ato II, cena 1 de *Ricardo II*, de Shakespeare.

De um caderno de viagem (4)

Vou de automóvel à casa natal de Chopin, a cinquenta quilômetros de Varsóvia. As guerras e os dilaceramentos de que foi vítima a Polônia impediram que se preservasse a construção em sua integridade, que se arruinou e foi restaurada. Nenhum móvel, nenhum quadro, nenhum objeto, nada foi conservado. Nem mesmo se conhece qualquer documento iconográfico pelo qual se pudesse reconstruir o interior. Estava nua a casa, e planejava-se decorá-la segundo o estilo da época.

Uma pena. Contudo, o passeio a elazowa Wola* não se perde. O parque em torno da antiga propriedade é soberbo com os seus lilases, tulipas, narcisos, miosótis... Bem, me disseram que existiam ali mais de 2 mil espécies de flores diferentes, e não me foi difícil acreditá-lo. Como não tive dúvida em acreditar que a imensa castanheira, bem defronte da casa, vive há quase duzentos anos.

O tempo floriu sobre os estragos que ali fizeram os soldados.

---

* Aldeia da Polônia onde nasceu Frédéric Chopin (1810-49).

Voltando da Rússia, os sobreviventes das tropas de Napoleão praticaram aqui depredações que já não se veem mais, embora sejam sempre lembradas. As guerras de 1914 e 1939 também deixaram suas lembranças nas terras do conde.

Também não existe mais a casa do compositor em Varsóvia; guarda-se o piano Pleyel de seus últimos anos de vida.

Voltamos à cidade. A paisagem rural em torno da estrada não pode ter mudado muito nesses cento e poucos anos. Vou em silêncio, deixando-me apartear a doçura do caminho.

O verde é a mais tátil das cores; sentimos-lhe a maciez; uma pernalta branca some em uma sebe de lilases, flores que os meninos vendem à beira da estrada. Entre touceiras de arbustos úmidos, raras são as casas de camponeses. Penso devagar.

Penso na casa de Chopin na Place Vendôme, no seu túmulo no Père Lachaise, entre Bellini e Cherubini, penso nas flores que desaparecem e retornam a este campo desde o tempo em que Chopin o percorria de carruagem. Penso em Maria adolescente e lúcida, quando a Balada nº 2 inundava-me da mais perfeita melancolia, a mesma de que me inebrio neste campo de flores, sem música e sem lembrança de qualquer frase melódica.

Trouxe comigo (oh, incurável solicitude sentimental) um ramo de lilases. Que, entre as páginas de um livro, está agora murcho e escuro, como se estivesse comigo há cem anos.

Shopping News do Rio, 07/02/1960

De um caderno sobre poesia: Mallarmé

O equívoco das definições do homem e da poesia é que, na grande maioria, todas elas estão certas. Procuramos defini-los pelo mistério e, desse modo, fatalmente, sempre nos aproximaremos de uma verdade possível. Entretanto, se procurássemos definir a poesia visando exclusivamente o elemento racional, não contando para essa definição senão com as armas limitadas da inteligência, verificaríamos que as definições correntes são vagas, unilaterais, despreocupadas do cerne formal; o único que podemos conhecer com alguma exatidão.

Assim, quando dizemos que ela é a arte da palavra, caminhamos mais longamente no conhecimento desse "cerne formal" do que em todas as belas e profundas frases de Shelley ou de Wordsworth a respeito.

A própria grandeza da poesia consiste no fato de ser ela nada mais que uma série de mal-entendidos despertados pela linguagem. Nasce de um jogo, algo equivocado, entre o poeta e algumas palavras; o jogo continua entre essas palavras e o leitor.

O grande legado do surrealismo, por exemplo, consistiu em

ter chamado a atenção dos escritores para a riqueza do instrumento linguístico. Os parnasianos exaltaram a palavra dominada, a linguagem que adquirisse a rigidez plástica das formas visíveis. Os surrealistas exaltaram as palavras em liberdade, o que proporcionou um exame mais agudo da face obscura dos dicionários. Descobrir as leis dessa liberdade foi o esforço de Mallarmé.

De qualquer forma, entretanto, a poesia, mesmo a mais libertária, além de ser em sua origem um problema de linguagem, descortina uma ordem humana: ideias, sentimentos, noções de realidade.

Para conjurar o que há de humano na poesia e o que há de prazer devido exclusivamente à combinação de certas palavras, tentaremos reunir duas definições impecáveis: uma de Valéry, outra de Banville.

Diz Valéry que poesia "é a tentativa de representar por meio da linguagem articulada aquelas coisas que os gestos, as carícias, os beijos procuram obscuramente exprimir".

Para Banville, poesia "é essa magia que consiste em despertar sensações por meio de uma combinação de sons... essa feitiçaria graças à qual as ideias nos são necessariamente comunicadas, de uma maneira certa, por palavras que, entretanto, não as exprimem".

Na primeira definição, devemos reparar que não se trata de representar as lágrimas, as carícias, os beijos e, sim, de exprimir por meio de palavras o que isso já procura obscuramente exprimir. O que vem a ser perseguição do inefável, do inexprimível.

Ora, é fácil representar um gesto de adeus. O que é difícil é representar o que um gesto de adeus pode exprimir. Ficamos na contingência de contar pela linguagem articulada uma sensação que se exprimiu por uma linguagem sem palavras.

Como conseguir isso? A resposta parcial está na definição de Banville: por uma feitiçaria que nos comunique a emoção de um gesto de adeus através de palavras que, entretanto, não representem simploriamente um gesto de adeus.

A resposta total é o segredo do poeta: ele guarda a chave dos dicionários.

As definições supracitadas, fielmente compreendidas, reduziriam à categoria de prosa grande parte de tudo que até hoje passou por poesia. Mais fielmente ainda, poderíamos dizer que a poesia, como arte, ainda não existe. Existem simplesmente versos de real poesia em alguns poemas e existem alguns poetas que se aproximaram mais constantemente de uma verdadeira poesia, de uma poesia cuja unidade artística pudesse ser sempre discernível.

E, depois desta conclusão, abordaremos fatalmente as margens perigosas da poesia pura.

Acontece que essa história de poesia pura nasceu de um mal-entendido. Aí pelo fim de 1915, o abade Brémond* pronunciara um discurso exaltando Paul Valéry em nome da poesia pura, expressão já formulada anteriormente pelo próprio Valéry. Um crítico, Paul Souday, caiu ironicamente em cima do abade acadêmico. Veio uma polêmica. Vieram as confusões, os equívocos, as deformações e centenas de interpretações falsas. Na balbúrdia geral, foi Valéry mesmo quem se manteve mais lúcido. Explicou que aludira simplesmente a uma poesia que resultasse de uma supressão dos elementos prosaicos que há num poema, quer dizer, de tudo aquilo que pode ser dito, sem prejuízo, em prosa; tudo o que era história, filosofia, lenda, anedota, moralidade, existe por si mesmo, sem o concurso necessário do canto. E esclareceu bem Valéry que essa espécie de poesia seria apenas uma direção orientadora, porquanto sua total consecução era de uma impossibilidade quase absoluta.

---

* No dia 24 de outubro de 1925, o abade e acadêmico Henri Brémond fizera conferência sob o título "A poesia pura" no Institut de France.

Essa poesia, especificamente poesia, não teria, digamos, por característica principal o desligamento dos sentimentos humanos, mas sim a transmissão desses sentimentos através de uma linguagem que não exprimisse diretamente tudo isso.

Para ser exato, enfim, isso não é uma espécie de poesia: é a Poesia. A única alternativa do poeta, pelo menos, em tese.

Mas a glória de ter sido o primeiro a empreender a conquista sistemática da poesia não pertence a Valéry: remonta a Mallarmé, o primeiro escritor que desejou ser realmente poeta.

Algumas intuições anteriores a Mallarmé a respeito da essência da poesia foram apenas relances. Foi ele, obscuro professor, a quem os alunos desrespeitavam e apelidavam *le bonhomme Mallarmé*, ele a quem Victor Hugo chamava indulgentemente *mon cher poète impressionniste*, ele a quem Anatole France recusou seu voto para a publicação de um dos seus mais perfeitos poemas, "L'après-midi d'un faune", foi esse homem humilde que se aventurou nesse sonho temeroso, cujo mérito e proporções os próprios artistas do mundo inteiro não avaliaram bem.

É preciso não confundir esse sonho com a simples intenção simbolista de alcançar a emoção poética através de um ordenamento musical da linguagem. A poesia de Mallarmé é mais complexa. Sua musicalidade se origina de uma imanência do conteúdo com a forma.

E Mallarmé continua, de um modo ou de outro, um incompreendido, um desconhecido. A penetração incrível que ele fez no campo da poesia se revelará somente a homens de muita boa vontade. Porém, toda vez que se fizer seriamente um estudo sobre a essência poética, isso resultará num elogio a ele.

Correio da Manhã, 06/01/1946

De um caderno literário

— A primeira e indiscutível qualidade do analfabeto é não ser nem jornalista nem escritor.

— André Gide sempre detestou tomar partido para que também não tomassem partido a respeito dele.

— Escritor é quem não tem nenhuma facilidade para escrever. Quem tem facilidade para escrever é orador.

— O bom senso põe em perigo os Estados imperfeitos e as academias literárias e artísticas.

— Há dois perigos fatais para o artista: o público e a ausência de público.

— Penso, mas não existo.

— Sem a hipocrisia, viveríamos aterrorizados. Sem o egoísmo, seríamos irresponsáveis pelos nossos atos.

— Preservar a vontade de pedir demissão.

— A preguiça é o contrapeso do arrivismo.

— Em um poema, cada palavra deve ser inesperada no momento de ser lida; inevitável depois de ser lida.

— Dois avisos importantes em nosso tempo: virtude não é talento; vício não é talento.

— Há pessoas que só reconhecem em arte a originalidade, o mais evidente, frágil e efêmero de todos os valores artísticos.

— Plagiar é não saber até que ponto a ideia do outro é de outro mundo.

— O filho pródigo da Bíblia é uma exceção: em geral, eles dão certo.

— E dá a impressão de ter lido muitos livros pela metade:

informou-se de muitos problemas mas não sabe concluir nada a respeito de coisa nenhuma.

— A história do teatro é uma sucessão de plágios.

— O colaboracionismo está todo em uma frase de Hebbel, citada e engrossada por André Gide: *"Que peut faire de mieux le rat pris au piège? C'est de manger le lard"*.*

— As exegeses católicas da poesia são muito mais misteriosas do que a poesia.

— Valorizar uma obra apenas pela emoção que causa é dar alto sentido literário aos folhetos pornográficos.

— Um poema em que as palavras podem ser substituídas por outras, sem demasiado prejuízo do encantamento, pode ser belo mas não é verdadeiro.

— Um bom poema tem dois sentidos: o poético, absolutamente claro; e o prosaico, obscuro.

— Sobre a gênese do poeta, ninguém disse nada melhor do

* "O que pode fazer o rato preso na ratoeira senão comer o toucinho?"

que Claude Roy:* *"Tout grand poète contient le mauvais auquel il a tordu le cou".***

— Todos nós sentimos vagamente um sobressalto ao ouvir pancadas na porta. O homem da caverna não tinha porta.

— Sonho que um amigo, chegando de Paris, me dá notícia da morte de Samain. O poeta Samain, consulto um manual, morreu em 1900.

— Quem não possui talento tem de escolher entre ser burro ou ser inteligente.

— A poesia é o estado febril da linguagem.

— Mil pessoas em uma praça pública, onde surge, furioso, um boi. Novecentas e noventa e nove pessoas reagem da seguinte maneira: fugindo espavoridas. Somente um dos presentes procura dominar o boi. Conclusão: é sobre a pessoa que não foge do boi que se escreve uma novela.

— Conheci um cientista, professor de medicina, que se orgulhava de nunca ter lido um romance ou um livro de poemas; mas, quando pronunciava um discurso, procurava imitar os defeitos do estilo de Coelho Neto.

* Claude Roy (1858-1900), poeta, jornalista e escritor francês.
** "Em todo grande poeta habita o mau poeta que ele calou."

— As coisas que assinalamos a lápis nos livros é a nossa colaboração com o autor.

— Adulto é o sujeito que tem a mania de bancar o adulto.

— Há escritores que lembram os sargentos: dão voltas e mais voltas para dizer que falta um botão ou quepe do soldado.

— A prosa não permite jogo com o leitor; a poesia, ao contrário, é um jogo, que se aceita ou não. A prosa é uma ocupação de homens feitos; a poesia é o pátio das crianças.

Coluna "Conversa Literária", *Manchete*, 25/04/1953

Caderno velho

Foi entre vinte e 23 anos que enchi de notas este caderno grosso, de capa vermelha. Relendo-o, não chego a rir-me, nem a irritar-me; apenas concluo que, se o tempo, por um lado nos desgasta e nos compromete, por outro lado, a idade reduz as ambições e nos equilibra. A renúncia e o bom senso não chegam a ser duas virtudes intelectuais mas apenas o exercício de certezas meio amargas.

Precisaria de toda a minha vida para estudar um único dos temas apontados neste caderno. Àquela época, no entanto, não conhecia minhas limitações, nem mesmo podia admiti-las. Estava convencido de que, através dos livros, eu compreenderia afinal o mundo e o desespero humano. Porque o homem não podia ser outra coisa senão um desespero absurdo, e era irremissivelmente fútil quem pudesse preocupar-se com alguma coisa que não refletisse a insolvência fundamental do destino.

"Triste" era a mais bela palavra, porque denunciava seriedade e caráter. *Joie de vivre* era uma abjeta e incongruente expressão. *Del sentimiento trágico de la vida,** o mais belo título de todos os livros já escritos.

Lia muito, com uma parcialidade que eclipsava as obras, recolhendo dos autores somente aquilo que correspondesse à minha ideia pessoal da tragédia terrestre, aquilo que saciasse essa vertiginosa sedução que a melancolia exerce sobre a adolescência. *Le bonheur est une monstruosité.* Esta frase de Flaubert, escrita no alto da primeira página, era para mim um programa de infelicidade absoluta.**

Até na caligrafia reconheço o entusiasmo com que anotava as *Cartas a um jovem poeta*, de Rilke, tipo de literatura que, hoje, me intumesce um pouco o espírito. Do grande García Lorca amei, sobretudo, os versos mais antigos, mais queixosos e menos bem-feitos. Nesta página sobre Proust há apenas uma humilde anotação: *écaille* significa escama. Seguem-se observações abstratas sobre "arte e realidade", com citações misturadas de J. Maritain, O. M. Carpeaux, Wilde, Dostoiévski, Novalis, Daniel Rops, Unamuno... Já não acho definitivas nenhuma dessas frases, posso dizer mesmo que, entre todos os conceitos que transcrevi aqui, a respeito do real e o irreal em arte, o mais simpático não é o que me parecia mais acanhado: "Realidade significa, para mim, o que é permanente na natureza humana".

Minha admiração por Ortega y Gasset transformou-se em tédio por esse filósofo precioso de campos de golfe.

Passo correndo por essas notas chinfrins sobre estilo e, ainda mais depressa, por essas notas pomposas sobre "Baudelaire, o amor e o pecado". Mais adiante, copiei versos de Verlaine, que

---

* *Del sentimiento trágico de la vida: en los hombres y en los pueblos*, de Miguel de Unamuno, publicado em 1912.

** As primeiras páginas não constam desse caderno, conservado no arquivo Paulo Mendes Campos, no ims.

só pude comprar, por causa da guerra, quando fizeram aqui no Brasil uma edição do poeta. *"Tengo vergüenza de mi boca triste"*, diz Gabriela Mistral, à página 70. E páginas e páginas de transcrições de críticas aos autores que eu julgava, incomparavelmente, os maiores de todos os tempos: Baudelaire, Mallarmé, Valéry e Gide.

Vou parar, Maria, por falta de espaço e por falta de ar. Não devia ter começado esta crônica sem fim, truncada e torta como esses dez anos de vida passada, repassada, gasta, errada, vivida inutilmente, confusamente, dispersivamente. O mundo engoliu o teu filósofo, o teu poeta, o teu prosador. Ganho a vida e nem mesmo sou infeliz. Mas me resta o consolo, em certos dias enevoados, de sol baço, de reconhecer um entre todos os sentimentos de antigamente: aquela melancolia especial de que te falava.

Coluna "Conversa Literária", *Manchete*, 30/05/1953.
Coluna "Primeiro Plano", *Diário Carioca*, 31/03/1955.

De um caderno amarelo

PAULO MENDES CAMPOS CONSULTA VELHAS
ANOTAÇÕES, PERDIDAS NO FUNDO DE UMA GAVETA, E
DELAS EXTRAI SABEDORIAS MINEIRAS E UNIVERSAIS

BAHIA

Era crepúsculo, estávamos no alto do coro magnífico de São Francisco de Assis, a nave embaixo apenumbrada em ouro, quando surgiu um frade longilíneo, louro, olhos azuis, figura seráfica impecável, harmonizada ao ambiente e à hora de tranquilidade. Sem sorrir, como se não desse pela presença de nosso grupo, o jovem franciscano encaminhou-se para o órgão. Já íamos saindo, mas, sem que ninguém dissesse nada, acomodamo-nos pelos bancos e aguardamos a música angelical. Sentíamos a iminência da beleza e esperávamos compungidos. O frade, com seu perfil fino

e romântico, abriu um livro de música e começou a tocar. Mal
pra burro.

PALAVRAS MINEIRAS

Curiosas anotações vocabulares do livro *Apontamentos
linguísticos*,* de João Dornas Filho: livéu, na região de Grão-
-Mogol, é direção, rumo. Na mesma região existe uma hierarquia
no tratamento de você e ocê. Na cidade de Nova Lima, perto de
Belo Horizonte, João Dornas Filho anotou, entre outros, os seguintes verbetes: rasga-roupa: cabaré de baixa condição; seu
Afonso: pessoa miserável; seca: tuberculose; Zé Acácio: embriaguez; hotel dos passos: cadeia pública; seu Chânder: pessoa pobre metida a rica; teco-teco: advogado medíocre; nos panos: des-
maiado; cachuncha: pessoa maldizente.

No Triângulo Mineiro: máquina: automóvel; maneirinho:
leve, cômodo; namorista: moço galante; artista: garoto levado;
manteiga: banha de porco; girafa: mulher pública; longarino:
caloteiro; inzoneiro: preguiçoso.

AGENDA DE JOÃO

Ir ao dentista, mesmo que chova canivete; terminar tradução
de livro francês; iniciar a de poemas ingleses; quinta-feira à noite

---

* Na verdade, trata-se do artigo "Apontamentos linguísticos", de João Dornas
Filho, publicado na revista *Investigações*, ano 4, n. 41, 1952, pp. 93-110. Para
as palavras aqui citadas, respeitou-se a grafia adotada no artigo mencionado. São
ocorrências regionais não registradas em dicionários com o significado dado
pelo autor.

não fazer compromisso; futebol de salão; convidar M. para jantar na sexta; fazer declaração (urgente!) de imposto de renda; saber se arquivo ficou pronto; pagamento estantes; chamar o bombeiro, aquecedor do chuveiro não esquenta; comprar presente afilhado aniversário; providenciar viagem Paracatu; verificar material de pesca; telegramas de felicitações; comprar vitaminol para passarinhos; fazer assinaturas revistas estrangeiras; consertar vitrola (o russo de quem falou o Zé); responder às cartas mais urgentes; agradecer livros recebidos; enquadrar cavalo pintor chinês; comprar fluido de isqueiro; organizar papéis da mesa; receber dinheiro de férias; encompridar a manga do casaco de antílope; limpeza geral da máquina; lubrificar carro; tirar fotos para carteira; telefonar Vinicius para saber nome estimulante hepático; pagamentos (lista separada); checar saldo bancário; passar encadernador; saber como anda o processo na Caixa Econômica; dar um par de meias coloridas aniversário Raimundo; não poder ser programa de tevê naqueles termos; aludir aumento; pintar geladeira; tesourinha (comprar uma cara); pedir adiantar processo tia Mariquinhas; ap. cop. fi. fa. tuc.; cortar o açúcar; falar Ladário que a culpa não foi minha; cabeleireiro; Amália; checar ano Emiliano Pernetta nasceu; comprar um relógio e outro caderninho de tomar notas; força é mudares de vida (Rilke).

CONTINHO

Era uma vez um menino triste, magro e barrigudinho, do sertão de Pernambuco. Na soalheira danada, ele estava ao meio-dia sentado na poeira do caminho, *maginando* bobagem, quando um gordo vigário passou a cavalo:

— Você aí, menino, pra onde vai esta estrada?

— Ela não vai não: nós é que vamos nela.

— Engraçadinho duma figa! Como é que você se chama?
— Eu não me chamo não: os outros é que me chamam de Zé.

Adaptação: "O cidadão desconhecido": W. H. Auden*

A Divisão de Estatística atesta em documento
que nunca houve contra ele queixa oficial, e, tanto
Concordam os boletins sobre o seu comportamento,
Que dele se pode dizer, na acepção moderna da palavra:
[foi um santo.
Serviu à Comunidade com o máximo de devotamento
(Exceção da guerra), até que se aposentou, rendido;
Trabalhou diariamente em uma fábrica e jamais foi
despedido,
Pelo contrário, satisfez de todo os patrões, Fudge Motors
& Cia.
Mas não era nada bobo ou ausente em suas opiniões,
Pois o Instituto, que recolheu todas as suas contribuições
(E possuímos sobre seu Instituto um relatório oficial)
E como verificaram além do mais o pessoal da Psicologia
[Social,
Era companheiro de seus companheiros e apreciava uma
[cervejinha.
A Imprensa tem a certeza de que ele comprava um jornal
[diariamente.
E que suas reações à publicidade eram normais,
[perfeitamente.

* Versão, inédita em livro, da tradução do poema de Auden "The Unknown
Citizen".

Seguros feitos em seu nome demonstram que jamais teria
[falta
De nada. Foi hospitalizado uma vez — segundo a ficha —
[mas teve alta.
Declaram os Técnicos da Produção e do Alto Nível de Vida
Que ele entendeu muito bem as vantagens do Crediário,
Nada lhe faltando de tudo quanto lhe era necessário:
Vitrola, rádio, condução e geladeira.
Nosso técnico de Opinião Pública, satisfeito, admitiu
Que ele sempre dançou de acordo com a música:
No tempo de paz foi pela paz, mas veio a guerra e ele
[partiu.
Era casado e deu cinco filhos à população;
Está certo, diz o Eugenista, para um homem de sua
[geração.
Nossos professores testemunham que ele jamais interferiu
[em Educação.
Era livre? Era feliz? A questão não chega a ser procedente.
Se houvesse algo errado, seríamos informados, naturalmente.

Manchete, 02/09/1967

De um caderno sem cor

CRIANÇA DE APARTAMENTO É COISA DOLOROSA, MAS
PARA O VELHO DE APARTAMENTO NINGUÉM OLHA.
SOBRETUDO A VELHINHA DE APARTAMENTO.

A Europa é o ovo. O ovo cozido. Naquele ovo cozido que
o europeu come de manhã, conscientemente come, cultural-
mente come, minuciosamente come, está o complexo socioeco-
nômico-histórico da Europa, as guerras, as artes, a disciplina, a
superioridade civilizada, o temor do futuro, a economia medida, o respeito à herança social a um ponto quase cômico. E,
além de tudo, naquele ovo cozido matinal, também anda, sem
contradição, a infantilidade ou ingenuidade do europeu. Aquele ovo, religiosamente cozido e comido, não me sai da lembrança: que seriedade, que confiança nos valores civilizados! Se eu
fizer treze pontos, sigo imediatamente para a Europa: vou fazer
o documentário definitivo sobre a cultura ou a alma europeia,
o ovo cozido.

RÉPLICA PARA O PERUANO CÉSAR VALLEJO

O vagido, o ventre, o doente, o infortúnio, o falus, o luto, o trauma, o espetáculo, a calma, o temor, a agonia, o felino, o menino, o hiato, o desamor, o falso, o cromo, a extorsão, o fórceps, o estorno, a absurdidade, a placenta, o jambo, a hidrocele, o estrago, a simpatia; o interno; a paineira, a desintegração, o dente, o dado.

Sensível, impaciente, extremo, defeso, redondo, aparecida, atado, esmaecida, pendente, agônico, roaz, perdido, escuro, nítido.

O ainda, o já, o depois, o também, o lá, o aqui, o jamais, o finalmente, o depressa, o só, o nunca, o quiçá, o não, o antes, o quando.

O vago, o amaríssimo, o crucial, o retorto, o crudelíssimo, o inocentérrimo, o pecaminoso, o agônico, o refulgente, o serôdio.

O em vão, o a fundo, o ao revés, o quando muito, o por enquanto, o sem rei nem roque, o só por só, o de dentro, o através de, ao vivo, o vai senão quando.

O ante, o após, o durante, o mediante, o contra.

*

Criança de apartamento é coisa dolorosa, mas para o velho de apartamento ninguém olha. Sobretudo a velhinha de apartamento. A criança fecunda com a imaginação seu exíguo deserto. A velhinha de apartamento, no entanto, acostumada a ser abandonada ao falso sossego da imobilidade, enche e sufoca aqueles poucos metros quadrados com a imensidão da lembrança. O espaço de uma longa vida não cabe num quarto. Aqui do restaurante eu a vejo à janela, olhando para além da rua tumultuada, percorrendo os canteiros verdes da horta, passeando por uma trilha de flores silvestres, fazendo as longas caminhadas dominicais de antigamente, em visita a parentes e amigos. Arrancaram-lhe tudo, menos a tortura vital da memória. Tiraram o chão de seus pés e nada lhe deram em troca, a não ser o insípido chicletes que é a tevê. Sofre à janela, paralisada, em nome de um progresso malcheiroso e opaco. O que ela vê eu sei: a amplitude física e moral de um jardim, de uma horta, de um mangueiral.

*

Andar era um ato coletivo, um gesto social. Hoje a gente chega na praia e vê o filme da solidão moderna: o cavalheiro de idade ainda pretensiosa que vai caminhando como um teorema. *Quod erat demonstrandum.*[*] Sozinho e sem graça como um risco de departamento de trânsito. A mocinha de malha no seu balé dietético em linha reta, tão só, tão desvinculada, tão obediente a um esquema de deveres solitários. O rapagão que passa correndo como mensageiro de um mundo vazio, burilando sua imagem física de Apolo sem comunicação. Fazem o Cooper, dizem, e fazem solidão. No entanto o *footing* acabou ainda ontem e o *footing*, hoje defunto e etiquetado como cafona, era a alma da cidade, a vida solidária, a paquera espontaneamente organizada, ou seja, o amor ao próximo levado à intensidade possível. Andar deixou de ser uma ternura e virou afirmação.

*

Meu amigo, num momento de despossessão, prometeu ao Ornélio, caseiro do vizinho, uma espingarda de caça. Passa tempo e nada de espingarda. Ornélio, com muito jeito faz semanalmente junto de mim suas investigações:

---

[*] Expressão latina que significa "o que era preciso demonstrar".

— Como vai seu Lulu? Tá bem de saúde? E dona Ivete? Bom sujeito, gente boa.

Há uma pausa sofrida, os olhos dele se embaçam, depois brilham. Por fim, a questão crucial chega sacolejando de emoção:

— Por acaso, inda que mal lhe pergunte, ele falou com o senhor sobre uma espingarda?

— Não, não falou, mas eu sou testemunha do trato.

— O senhor acha que eu posso ir em Teresópolis buscar a bichinha?

— Pode, mas, se o seu Lulu não estiver em casa?

O diálogo dura nove meses e chegou agora ao fim da gestação. Semana passada Ornélio, trazendo para mim uma braçada de mudas floridas, acabou me comunicando sobre a terrível ameaça que nos ronda:

— O senhor sabe que atrás de anteontem viram onça naquela capoeira?

— Não diga.

— Pois é verdade. Sem uma boa arma de fogo é um perigo!

Manchete, 23/06/1973

ESTA OBRA FOI COMPOSTA EM ELECTRA PELO ESTÚDIO O.L.M./ FLAVIO PERALTA
E IMPRESSA EM OFSETE PELA GEOGRÁFICA SOBRE PAPEL PÓLEN SOFT
DA SUZANO PAPEL E CELULOSE PARA A EDITORA SCHWARCZ EM JUNHO DE 2015